精選四世同堂

老舍 著

商務印書館

精選四世同堂

著　　者：老　舍
責任編輯：楊克惠
插　　畫：張曉帆（Chloe）
出　　版：商務印書館（香港）有限公司
香港筲箕灣耀興道 3 號東滙廣場 8 樓
http://www.commercialpress.com.hk
發　　行：香港聯合書刊物流有限公司
香港新界大埔汀麗路 36 號中華商務印刷大廈 3 字樓
印　　刷：中華商務彩色印刷有限公司
香港新界大埔汀麗路 36 號中華商務印刷大廈
版　　次：2012 年 3 月第 1 版第 1 次印刷

ISBN 978 962 07 4469 3
Printed in Hong Kong

本書正文由人民文學出版社授權商務印書館（香港）有限公司出版

目錄

註：原著各節均無標題。本書內文各標題為編者所加。

小專題一

挖掘民族的文化心理

《四世同堂》是老舍 1944 年開始動筆的，那時候，對日抗戰進入了最後決戰階段。老舍計劃寫作一部長篇小說，要寫一百萬字，三部曲，後來命名第一部《惶惑》，第二部《偷生》，第三部《饑荒》。當時他給親朋好友發了個告示，題目叫《磕頭了》，婉謝其他約稿，着手創作。老舍的兒子舒乙在《我的父親老舍》中寫道：“父親畫了一幅北平小羊圈胡同全景草圖，寫了一份有六七十人的人物表，架起一副順帶創作一部北平百科全書的氣勢，拉開了大幕。父親讓祁老人在盧溝橋事變的炮聲中帶着他的四世同堂的家人和全胡同的鄰居，登上了八年抗戰的歷史舞台。”

作品以祁家四代人為主線，再加上小羊圈胡同人物的榮辱浮沉、生死存亡，敘述了北平淪陷後的世態人情，反映出百姓的生活遭遇、心靈震撼和反抗鬥爭，反映出中國社會的大變動、大災難帶給人的深刻影響。舒乙記述說：“他的心又飛回了北平。這回，他要深深地挖：從民族心理，從文化傳統，從歷史賦予的巨大的內聚力上去挖掘，說明為甚麼中國必勝，為甚麼日本侵略者使出一切招數，竟連七八十歲的老人和四五歲的孩子也征服不了；另一方面，也要說明為甚麼這麼大的一個中國，會叫日本給收拾得這麼慘。”

從寫作動機上，作者有比較濃厚的文化反省色彩。祁家象徵傳統家庭倫理的理想結構，小說把這個家庭放在北平淪陷、民族抗戰的背景上審視，面對生死存亡的民族危難，同處一個胡同的人表現出不同的心態，有的上升、有的沉淪，有的堅守。以冠曉荷、大赤包為代表投降派，期望升官發財、苟且偷安；以祁瑞宣為代表的一大群抵抗派，飽受“惶惑”的痛苦，強忍“偷生”的恥辱，終於走向抵抗。

作者沉痛地批判民族劣根性，他說：“中國人聰明，甚麼都一學就會，可是只沒學會怎麼強硬與反抗！”造成這樣的心理，原因是那些家庭制度、教育方法和苟且偷安的習慣，那些民族的遺傳病。老舍當年曾為這本書寫過一則出版廣告，指出兩個要點，一是“四世同堂”實為“四世同亡”，二是“咎由自取”，認為這是戰爭對苟且偷生、麻木不仁、不敢反抗的北平人的懲罰。

作者期望那些痛苦的日子可以促使人們認識民族文化的不足，重塑民族文化的精神，他曾說：“我們要咬緊牙關，我們要做耶穌降生前的約翰，把道路填平，以迎接新生者！”其意也在此。

1. 四世之家

祁老太爺甚麼也不怕，只怕慶不了八十大壽。在他的壯年，他親眼看見八國聯軍怎樣攻進北京城。後來，他看見了清朝的皇帝怎樣退位，和接續不斷的內戰；一會兒九城的城門緊閉，槍聲與炮聲日夜不絕；一會兒城門開了，馬路上又飛馳着得勝的軍閥的高車大馬。戰爭沒有嚇倒他，和平使他高興。逢節他要過節，遇年他要祭祖，他是個安分守己的公民，只求消消停停的過着不至於愁吃愁穿的日子。即使趕上兵荒馬亂，他也自有辦法：最值得說的是他的家裏老存着全家夠吃三個月的糧食與鹹菜。這樣，即使炮彈在空中飛，兵在街上亂跑，他也會關上大門，再用裝滿石頭的破缸頂上，便足以消災避難。

為甚麼祁老太爺只預備三個月的糧食與鹹菜呢？這是因為在他的心理上，他總以為北平是天底下最可靠的大城，不管有甚麼災難，到三個月必定災消難滿，而後諸事大吉。北平的災難恰似一個人免不了有些頭疼腦熱，過幾天自然會好了的。不信，你看吧，祁老太爺會屈指算計：直皖戰爭有幾個月？直奉戰爭又有好久？啊！聽我的，咱們北平的災難過不去三個月！

原著第一部"惶惑"第一節

七七抗戰那一年，祁老太爺已經七十五歲。對家務，他早已不再操心。他現在的重要工作是澆澆院中的盆花，説説老年間的故事，給籠中的小黃鳥添食換水，和攜着重孫子孫女極慢極慢的去逛大街和護國寺。可是，蘆溝橋的炮聲一響，他老人家便沒法不稍微操點心了，誰教他是四世同堂的老太爺呢。

兒子已經是過了五十歲的人，而兒媳的身體又老那麼病病歪歪的，所以祁老太爺把長孫媳婦叫過來。老人家最喜歡長孫媳婦，因為第一，她已給祁家生了兒女，教他老人家有了重孫子孫女；第二，她既會持家，又懂得規矩，一點也不像二孫媳婦那樣把頭髮燙得爛雞窩似的，看着心裏就鬧得慌；第三，兒子不常住在家裏，媳婦又多病，所以事實上是長孫與長孫媳婦當家，而長孫終日在外教書，晚上還要預備功課與改卷子，那麼一家十口的衣食茶水，與親友鄰居的慶弔交際，便差不多都由長孫媳婦一手操持了；這不是件很容易的事，所以老人天公地道的得偏疼點她。還有，老人自幼長在北平，耳習目染的和旗籍人學了許多規矩禮路：兒媳婦見了公公，當然要垂手侍立。可是，兒媳婦既是五十多歲的人，身上又經常的鬧着點病；老人若不教她垂手侍立吧，便破壞了家規；教她立規矩吧，又於心不忍，所以不如乾脆和長孫媳婦商議商議家中的大事。

祁老人的背雖然有點彎，可是全家還屬他的身量最高。在壯年的時候，他到處都被叫作“祁大個子”。高身量，長臉，他本應當很有威嚴，可是他的眼睛太小，一笑便變成一條縫子，於是人們只看見他的高大的身軀，而覺不出甚麼特別可敬畏的地方來。到了老年，他倒變得好看了一些：黃暗的臉，雪白的鬚眉，眼角腮旁全皺出永遠含笑的紋溜；小眼深深的藏在笑紋與白眉中，看去總是笑瞇瞇的顯出和善；在他真發笑的時候，他的小眼放出一點點光，倒好像是有無限的智慧而不肯一下子全放出來似的。

把長孫媳婦叫來，老人用小鬍梳輕輕的梳着白鬚，半天沒有出聲。老人在幼年只讀過三本小書與六言雜字；少年與壯年吃盡苦處，獨力置買了房子，成了家。他的兒子也只在私塾讀過三年書，就去學徒；直到了孫輩，才受了風氣的推移，而去入大學讀書。現在，他是老太爺，可是他總覺得學問既不及兒子——兒子到如今還能背誦上下《論語》，而且寫一筆被算命先生推獎的好字——更不及孫子，而很怕他們看不起他。因此，他對晚輩說話的時候總是先愣一會兒，表示自己很會思想。對長孫媳婦，他本來無須這樣，因為她識字並不多，而且一天到晚嘴中不是叫孩子，便是談論油鹽醬醋。不過，日久天長，他已養成了這個習慣，也就只好教孫媳婦多站一會兒了。

長孫媳婦沒入過學校，所以沒有學名。出嫁以後，才由她的丈夫像贈送博士學位似的送給她一個名字——韻梅。韻梅兩個字彷彿不甚走運，始終沒能在祁家通行得開。公婆和老太爺自然沒有喊她名字的習慣與必要，別人呢又覺得她只是個主婦，和"韻"與"梅"似乎都沒多少關係。況且，老太爺以為"韻梅"

和“運煤”既然同音，也就應該同一個意思，“好嗎，她一天忙到晚，你們還忍心教她去運煤嗎？”這樣一來，連她的丈夫也不好意思叫她了，於是她除了“大嫂”“媽媽”等應得的稱呼外，便成了“小順兒的媽”；小順兒是她的小男孩。

小順兒的媽長得不難看，中等身材，圓臉，兩隻又大又水靈的眼睛。她走路，說話，吃飯，做事，都是快的，可是快得並不發慌。她梳頭洗臉擦粉也全是快的，所以有時候碰巧了把粉擦得很勻，她就好看一些；有時候沒有擦勻，她就不大順眼。當她沒有把粉擦好而被人家嘲笑的時候，她仍舊一點也不發急，而隨着人家笑自己。她是天生的好脾氣。

祁老人把白鬚梳夠，又用手掌輕輕擦了兩把，才對小順兒的媽說：

“咱們的糧食還有多少啊？”

小順兒的媽的又大又水靈的眼很快的轉動了兩下，已經猜到老太爺的心意。很脆很快的，她回答：

“還夠吃三個月的呢！”

其實，家中的糧食並沒有那麼多。她不願因說了實話，而惹起老人的羅唆。對老人和兒童，她很會運用善意的欺騙。

“鹹菜呢？”老人提出第二個重要事項來。

她回答的更快當：“也夠吃的！乾疙疸，老鹹蘿蔔，全還有呢！”她知道，即使老人真的要親自點驗，她也能馬上去買些來。

“好！”老人滿意了。有了三個月的糧食與鹹菜，就是天塌下來，祁家也會抵抗的。可是老人並不想就這麼結束了關切，他必須給長孫媳婦說明白了其中的道理：

“日本鬼子又鬧事哪！哼！鬧去吧！庚子年，八國聯軍打進了北京城，連皇上都跑了，也沒把我的腦袋掰了去呀！八國都不行，單是幾個日本小鬼還能有甚麼蹦兒？咱們這是寶地，多大的亂子也過不去三個月！咱們可也別太粗心大膽，起碼得有窩頭和鹹菜吃！”

老人說一句，小順兒的媽點一次頭，或說一聲“是”。老人的話，她已經聽過起碼有五十次，但是還當作新的聽。老人一見有人欣賞自己的話，不由的提高了一點嗓音，以便增高感動的力量：

“你公公，別看他五十多了，論操持家務還差得多呢！你婆婆，簡直是個病包兒，你跟她商量點事兒，她光會哼哼！這一家，我告訴你，就仗着你跟我！咱們倆要是不操心，一家子連褲子都穿不上！你信不信？”

小順兒的媽不好意思說“信”，也不好意思說“不信”，只好低着眼皮笑了一下。

“瑞宣還沒回來哪？”老人問。瑞宣是他的長孫。

“他今天有四五堂功課呢。”她回答。

“哼！開了炮，還不快快的回來！瑞豐和他的那個瘋娘們呢？”老人問的是二孫和二孫媳婦——那個把頭髮燙成雞窩似的婦人。

“他們倆——”她不知道怎樣回答好。

“年輕輕的公母倆，老是蜜裏調油，一時一刻也離不開，真也不怕人家笑話！”

小順兒的媽笑了一下：“這早晚的年輕夫妻都是那個樣兒！”

“我就看不下去！”老人斬釘截鐵的說。“都是你婆婆寵得她！我沒看見過，一個年輕輕的婦道一天老長在北海，東安市場和——甚麼電影園來着？”

“我也說不上來！”她真說不上來，因為她幾乎永遠沒有看電影去的機會。

“小三兒呢？”小三兒是瑞全，因為還沒有結婚，所以老人還叫他小三兒；事實上，他已快在大學畢業了。

“老三帶着妞子出去了。”妞子是小順兒的妹妹。

“他怎麼不上學呢？”

“老三剛才跟我講了好大半天，說咱們要再不打日本，連北平都要保不住！”小順兒的媽說得很快，可是也很清楚。“說的時候，他把臉都氣紅了，又是搓拳，又是磨掌的！我就直勸他，反正咱們姓祁的人沒得罪東洋人，他們一定不能欺侮到咱們頭上來！我是好意這麼跟他說，好教他消消氣；喝，哪知道他跟我瞪了眼，好像我和日本人串通一氣似的！我不敢再言語了，他氣哼哼的扯起妞子就出去了！您瞧，我招了誰啦？”

老人愣了一小會兒，然後感慨着說：“我很不放心小三兒，怕他早晚要惹出禍來！”

正說到這裏，院裏小順兒撒嬌的喊着：

“爺爺！爺爺！你回來啦？給我買桃子來沒有？怎

麼，沒有？連一個也沒有？爺爺你真沒出息！”

小順兒的媽在屋中答了言：“順兒！不准和爺爺訕臉！再胡說，我就打你去！”

小順兒不再出聲，爺爺走了進來。小順兒的媽趕緊去倒茶。爺爺（祁天佑）是位五十多歲的黑鬍子小老頭兒。中等身材，相當的富泰，圓臉，重眉毛，大眼睛，頭髮和鬍子都很重很黑，很配作個體面的舖店的掌櫃的——事實上，他現在確是一家三間門面的布舖掌櫃。他的腳步很重，每走一步，他的臉上的肉就顫動一下。作慣了生意，他的臉上永遠是一團和氣，鼻子上幾乎老擰起一旋笑紋。今天，他的神氣可有些不對。他還要勉強的笑，可是眼睛裏並沒有笑時那點光，鼻子上的一旋笑紋也好像不能擰緊；笑的時候，他幾乎不敢大大方方的抬起頭來。

“怎樣？老大！”祁老太爺用手指輕輕的抓着白鬍子，就手兒看了看兒子的黑鬍子，心中不知怎的有點不安似的。

黑鬍子小老頭很不自然的坐下，好像白鬍子老頭給了他一些甚麼精神上的壓迫。看了父親一眼，他低下頭去，低聲的說：

“時局不大好呢！”

“打得起來嗎？”小順兒的媽以長媳的資格大膽的問。

“人心很不安呢！”

祁老人慢慢的立起來：“小順兒的媽，把頂大門的破缸預備好！”

2. 惶惑：瑞宣忍辱持家

天很熱，而全國的人心都涼了，北平陷落！

李四爺立在槐蔭下，聲音淒慘的對大家說：“預備下一塊白布吧！萬一非掛旗不可，到時候用胭脂塗個紅球就行！庚子年，我們可是掛過！”他的身體雖還很強壯，可是今天他感到疲乏。說完話，他蹲在了地上，呆呆的看着一條綠槐蟲兒。

李四媽在這兩天裏迷迷忽忽的似乎知道有點甚麼危險，可是始終也沒細打聽。今天，她聽明白了是日本兵進了城，她的大近視眼連連的眨巴，臉上白了一些。她不再罵她的老頭子，而走出來與他蹲在了一處。

拉車的小崔，赤着背出來進去的亂晃。今天沒法出車，而家裏沒有一粒米。晃了幾次，他湊到李老夫婦的跟前：“四奶奶！您還得行行好哇！”

李四爺沒有抬頭，還看着地上的綠蟲兒。李四媽，不像平日那麼哇啦哇啦的，用低微的聲音回答：“待一會兒，我給你送二斤雜合麵兒去！”

“那敢情好！我這兒謝謝四奶奶啦！”小崔的聲音也不很高。

“告訴你，好小子，別再跟家裏的吵！日本鬼子進

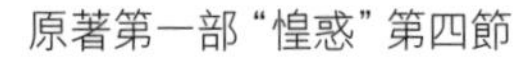
原著第一部“惶惑”第四節

了城！”李四媽沒說完，歎了口氣。

剃頭匠孫七並不在剃頭棚子裏要手藝，而是在附近一帶的舖戶作包月活。從老手藝的水準說，他對打眼，掏耳，捶背，和刮臉，都很出色。對新興出來花樣，像推分頭，燙髮甚麼的，他都不會，也不屑於去學——反正他作買賣家的活是用不着這一套新手藝的。今天，舖子都沒開市，他在家中喝了兩盅悶酒，臉紅撲撲的走出來。借着點酒力，他想發發牢騷：

“四太爺！您是好意。告訴大夥兒掛白旗，誰愛掛誰掛，我孫七可就不能掛！我恨日本鬼子！我等着，他們敢進咱們的小羊圈，我教他們知道知道我孫七的厲害！”

要擱在平日，小崔一定會跟孫七因辯論而吵起來；他們倆一向在辯論天下大事的時候是死對頭。現在，李四爺使了個眼神，小崔一聲沒出的躲開。孫七見小崔走開，頗覺失望，可是還希望李老者跟他閒扯幾句，李四爺一聲也沒出。孫七有點不得勁兒。待了好大半天，李四爺抬起頭來，帶着厭煩與近乎憤怒的神氣說：“孫七！回家睡覺去！”孫七，雖然有點酒意，也不敢反抗李四爺，笑了一下，走回家去。

六號沒有人出來。小文夫婦照例現在該吊嗓子，可是沒敢出聲。劉師傅在屋裏用力的擦自己的一把單刀。

頭上已沒有了飛機，城外已沒有了炮聲，一切靜寂。只有響晴的天上似乎有一點甚麼波動，隨人的脈搏輕跳，跳出一些金的星，白的光。亡國的晴寂！

瑞宣，胖胖的，長得很像父親。不論他穿着甚麼衣服，他的樣子老是那麼自然，大雅。這個文文雅雅的態度，在祁家是獨一份兒。祁老太爺和天佑是安分守己的買賣人，他們的舉止言談都毫無掩飾的露出他們的本色。瑞豐受過教育，而且有點不大看得起祖父與父親，所以他拚命往文雅，時髦裏學。可是，因為學的過火，他老顯出點買辦氣或市儈氣；沒得到文雅，反失去家傳的純樸。老三瑞全是個愣小子，毫不關心哪是文雅，哪是粗野。只有瑞宣，不知從何處學來的，或者學也不見就學得到，老是那麼溫雅自然。同他的祖父，父親一樣，他作事非常的認真。但是，在認真中——這就與他的老人們不同了——他還很自然，不露出劍拔弩張的樣子。他很儉省，不虛花一個銅板，但是他也很大方——在適當的地方，他不打算盤。在他心境不好的時候，他像一片春陰，教誰也能放心不會有甚麼狂風暴雨。在他快活的時候，他也只有微笑，好像是笑他自己為甚麼要快活的樣子。

他很用功，對中國與歐西的文藝都有相當的認識。可惜他沒機會，或財力，去到外國求深造。在學校教書，他是頂好的同事與教師，可不是頂可愛的，因為他對學生的功課一點也不馬虎，對同事們的酬應也老是適可而止。他對任何人都保持着個相當的距離。他不故意的冷淡誰，也不肯繞着彎子去巴結人。他是憑本事吃飯，無須故意買好兒。

在思想上，他與老三很接近，而且或者比老三更深刻一點。所以，在全家中，他只與老三說得來。可是，與老三不同，他不願時常發表他的意見。這並不是因為他驕傲，不屑於對牛彈琴，而是他心中老有點自愧——他知道的是甲，而只能作到乙，或者甚至於只到丙或丁。他似乎有點女性，在行動上他總求全盤的體諒。舉個例說：在他到了該結婚的年紀，他早已知道甚麼戀愛神聖，結婚自由那一套。可是他娶了父親給他定下的“韻梅”。他知道不該把一輩子拴在個他所不愛的女人身上，但是他又不忍看祖父，父母的淚眼與愁容。他替他們想，也替他的未婚妻想。想過以後，他明白了大家的難處，而想得到全盤的體諒。他只好娶了她。他笑自己這樣的軟弱。同時，趕到他一看祖父與父母的臉上由憂愁改為快活，他又感到一點驕傲——自我犧牲的驕傲。

當下過雪後，他一定去上北海，爬到小白塔上，去看西山的雪峰。在那裏，他能一氣立一個鐘頭。那白而遠的山峰把他的思想引到極遠極遠的地方去。他願意擺脱開一切俗事，到深遠的山中去讀書，或是乘着大船，在海中周遊世界一遭。趕到不得已的由塔上下來，他的心便由高山與野海收回來，而想到他對家庭與學校的責任。他沒法卸去自己的人世間的責任而跑到理想的世界裏去。於是，他順手兒在路上給祖父與小順兒買些點心，像個賢孫慈父那樣婆婆媽媽的！

好吧，既不能遠走高飛，便回家招老小一笑吧！他的無可如何的笑紋又擺在他凍紅了的臉上。

他幾乎沒有任何嗜好。黃酒，他能喝一斤。可是非到過年過節的時候，決不動酒。他不吸煙。茶和水並沒有甚麼分別。他的娛樂只有幫着祖父種種花，和每星期到“平安”去看一次或兩次電影。他的看電影有個實際的目的：他的英文很不錯，可是説話不甚流利，所以他願和有聲片子去學習。每逢他到“平安”去，他總去的很早，好買到前排的座位——既省錢，又得聽。坐在那裏，他連頭也不回一次，因為他知道二爺瑞豐夫婦若也在場，就必定坐頭等座兒；他不以坐前排為恥，但是倒怕老二夫婦心裏不舒服。

北平陷落了，瑞宣像個熱鍋上的螞蟻，出來進去，不知道要作甚麼好。他失去了平日的沉靜，也不想去掩飾。出了屋門，他仰頭看看天，天是那麼晴朗美麗，他知道自己還是在北平的青天底下。一低頭，彷彿是被強烈的陽光閃的，眼前黑了一小會兒——天還是那麼晴藍，而北平已不是中國人的了！他趕緊走回屋裏去。到屋裏，他從平日積蓄下來的知識中，去推斷中日的戰事與世界的關係。忽然聽到太太或小順兒的聲音，他嚇了一跳似的，從世界大勢的陰雲中跳回來：他知道中日的戰爭必定會使世界的地理與歷史改觀，可是擺在他面前的卻是這一家老少的安全與吃穿。祖父已經七十多歲，不能再去出力掙錢。父親掙錢有限，而且也是五十好幾的人。母親有病，禁不起驚慌。二爺的收入將將夠他們夫婦倆花的，而老三還正在讀書的時候。天下太平，他們都可以不愁吃穿，過一份無災無難的日子。今天，北平亡了，該怎麼辦？平日，他已是當家的；今天，他的責任與困難更要增加許多倍！在一方面，他是個公民，而且是個有些知識與能力的公民，理當去給國家作點甚麼，在這國家有了極大危難的時候。在另一方面，一家老的老，小的小，平日就依仗着他，現在便更需要他。他能甩手一走嗎？不能！不能！可是，不走便須在敵人腳底下作亡國奴，他不能受！不能受！

出來進去，出來進去，他想不出好主意。他的知識告訴他那最高的責任，他的體諒又逼着他去顧慮那最迫切的問題。他想起文天祥，史可法，和許多許多的民族英雄，同時也想起杜甫在流離中的詩歌。

老二還在屋中收聽廣播——日本人的廣播。

老三在院中把腳跳起多高："老二，你要不把它關上，我就用石頭砸碎了它！"

小順兒嚇愣了，忙跑到祖母屋裏去。祖母微弱的聲音叫着："老三！老三！"

瑞宣一聲沒出的把老三拉到自己的屋中來。

哥兒倆對愣了好大半天，都想說話，而不知從何處說起。老三先打破了沉寂，叫了聲："大哥！"瑞宣沒有答應出來，好像有個棗核堵住了他的嗓子。老三把想起來的話又忘了。

屋裏，院中，到處，都沒有聲響。天是那麼晴，陽光是那麼亮，可是整個的大城——九門緊閉——像晴光下的古墓！忽然的，遠處有些聲音，像從山上往下軲轆石頭。

“老三，聽！”瑞宣以為是重轟炸機的聲音。

“敵人的坦克車，在街上示威！”老三的嘴角上有點為阻攔嘴唇顫動的慘笑。

老大又聽了聽。“對！坦克車！輛數很多！哼！”他咬住了嘴唇。

坦克車的聲音更大了，空中與地上都在顫抖。

最愛和平的中國的最愛和平的北平，帶着它的由歷代的智慧與心血而建成的湖山，宮殿，壇社，寺宇，宅園，樓閣與九條彩龍的影壁，帶着它的合抱的古柏，倒垂的翠柳，白玉石的橋樑，與四季的花草，帶着它的最輕脆的語言，溫美的禮貌，誠實的交易，徐緩的腳步，與唱給宮廷聽的歌劇……不為甚麼，不為甚麼，突然的被飛機與坦克強姦着它的天空與柏油路！

“大哥！”老三叫了聲。

街上的坦克，像幾座鐵礦崩炸了似的發狂的響着，瑞宣的耳與心彷彿全聾了。

“大哥！”

“啊？”瑞宣的頭偏起一些，用耳朵來找老三的聲音。“嘔！說吧！”

“我得走！大哥！不能在這裏作亡國奴！”

“啊？”瑞宣的心還跟着坦克的聲音往前走。

“我得走！”瑞全重了一句。

“走？上哪兒？”

坦克的聲音稍微小了一點。

“上哪兒都好，就是不能在太陽旗下活着！”

“對！”瑞宣點了點頭，胖臉上起了一層小白疙瘩。“不過，也別太忙吧？誰知道事情準變成甚麼樣子呢。萬一過幾天‘和平’解決了，豈不是多此一舉？你還差一年才能畢業！”

“你想，日本人能叼住北平，再撒了嘴？”

“除非把華北的利益全給了他！”

“沒了華北，還有北平？”

瑞宣愣了一會兒，才說：“我是說，咱們允許他用經濟侵略，他也許收兵。武力侵略沒有經濟侵略那麼合算。”

坦克車的聲音已變成像遠處的輕雷。

瑞宣聽了聽，接着說：“我不攔你走，只是請你再稍等一等！”

“要等到走不了的時候，可怎麼辦？”

瑞宣歎了口氣。“哼！你……我永遠走不了！”

“大哥，咱們一同走！”

瑞宣的淺而慘的笑又顯露在抑鬱的臉上：“我怎麼走？難道叫這一家老小都……”

“太可惜了！你看，大哥，數一數，咱們國內像你這樣受過高等教育，又有些本事的人，可有多少？”

“我沒辦法！”老大又歎了口氣，“只好你去盡忠，我來盡孝了！”

這時候，李四爺已立起來，輕輕的和白巡長談話。白巡長已有四十多歲，臉上剃得光光的，看起來還很精神。他很會說話，遇到住戶們打架拌嘴，他能一面挖苦，一面恫嚇，而把大事化小，小事化無。因此，小羊圈一帶的人們都怕他的利口，而敬重他的好心。

今天，白巡長可不十分精神。他深知道自己的責任是怎樣的重大——沒有巡警就沒有治安可言。雖然他只是小羊圈這一帶的巡長，可是他總覺得整個的北平也多少是他的。他愛北平，更自傲能作北平城內的警官。可是，今天北平被日本人佔據了；從此他就得給日本人維持治安了！論理說，北平既歸了外國人，就根本沒有甚麼治安可講。但是，他還穿着那身制服，還是巡長！他不大明白自己是幹甚麼呢！

"你看怎樣呀？巡長！"李四爺問，"他們能不能亂殺人呢？"

"我簡直不敢說甚麼，四大爺！"白巡長的語聲很低。"我彷彿是教人家給扣在大缸裏啦，看不見天地！"

"咱們的那麼多的兵呢？都哪兒去啦？"

"都打仗來着！打不過人家呀！這年月，打仗不能專憑膽子大，身子棒啦！人家的槍炮厲害，有飛機坦克！咱們……"

"那麼，北平城是丟鐵了？"

"大隊坦克車剛過去，你難道沒聽見？"

"鐵啦？"

"鐵啦！"

"怎麼辦呢？"李四爺把聲音放得極低，"告訴你，巡長，我恨日本鬼子！"

巡長向四外打了一眼："誰不恨他們！得了，說點正經的：四大爺，你待會兒到祁家、錢家去告訴一聲，教他們把書甚麼的燒一燒。日本人恨唸書的人！

家裏要是存着三民主義或是洋文書，就更了不得！我想這條胡同裏也就是他們兩家有書，你去一趟吧！我不好去——”巡長看了看自己的制服。

李四爺點頭答應。白巡長無精打采的向葫蘆腰裏走去。

四爺到錢家拍門，沒人答應。他知道錢先生有點古怪脾氣，又加上在這兵荒馬亂的時候不便惹人注意，所以等了一會兒就上祁家來。

祁老人的誠意歡迎，使李四爺心中痛快了一點。為怕因祁老人提起陳穀子爛芝麻而忘了正事，他開門見山的說明了來意。祁老人對書籍沒有甚麼好感，不過書籍都是錢買來的，燒了未免可惜。他打算教孫子們挑選一下，把該燒的賣給"打鼓兒的"好了。

"那不行！"李四爺對老鄰居的安全是誠心關切着的。"這兩天不會有打鼓兒的；就是有，他們也不敢買書！"說完，他把剛才沒能叫開錢家的門的事也告訴了祁老者。

祁老者在院中叫瑞全："瑞全，好孩子，把洋書甚麼的都燒了吧！都是好貴買來的，可是咱們能留着它們惹禍嗎？"

老三對老大說："看！焚書坑儒！你怎樣？"

"老三你說對了！你是得走！我既走不開，就認了命！你走！我在這兒焚書，掛白旗，當亡國奴！"老大無論如何再也控制不住自己，他落了淚。

"聽見沒有啊，小三兒？"祁老者又問了聲。

"聽見了！馬上就動手！"瑞全不耐煩的回答了祖父，而後小聲的向瑞宣："大哥！你要是這樣，教我怎好走開呢？"

瑞宣用手背把淚抹去。"你走你的，老三！要記住，永遠記住，你家的老大並不是個沒出息的人……"他的嗓子裏噎了幾下，不能說下去。

3. 惶惑：瑞全出走抗日

老三因心中煩悶，已上了牀。瑞宣把他叫起來。極簡單扼要的，瑞宣把王排長的事說給老三聽。老三的黑豆子眼珠像夜間的貓似的，睜得極黑極大，而且發着帶着威嚴的光。他的顴骨上紅起兩朵花。聽完，他說了聲："我們非救他不可！"

瑞宣也很興奮，可是還保持着安詳，不願因興奮而鹵莽，因鹵莽而敗事。慢條斯理的，他說："我已經想了個辦法，不知道你以為如何？"

老三慌手忙腳的登上褲子，下了牀，倒彷彿馬上他就可以把王排長背出城似的。"甚麼辦法？大哥！"

"先別慌！我們須詳細的商量一下，這不是鬧着玩的事！"

瑞全忍耐的坐在牀沿上。

"老三！我想啊，你可以同他一路走。"

老三又立了起來："那好極了！"

"這有好處，也有壞處。好處是王排長既是軍人，只要一逃出城去，他就必有辦法；他不會教你吃虧。壞處呢，他手上的掌子，和說話舉止的態度神氣，都必教人家一看就看出他是幹甚麼的。日本兵把着城

原著第一部"惶惑"第十二節

門，他不容易出去；他要是不幸而出了岔子，你也跟着遭殃！”

“我不怕！”老三的牙咬得很緊，連脖子上的筋都挺了起來。

“我知道你不怕，”瑞宣要笑，而沒有笑出來。“有勇無謀可辦不了事！我們死，得死在晴天大日頭底下，不能窩窩囊囊的送了命！我想去找李四大爺去。”

“他是好人，可是對這種事他有沒有辦法，我就不敢說！”

“我——教給他辦法！只要他願意，我想我的辦法還不算很壞！”

“甚麼辦法？甚麼辦法？”

“李四大爺要是最近給人家領槓出殯，你們倆都身穿重孝，混出城去，大概不會受到檢查！”

“大哥！你真有兩下子！”瑞全跳了起來。

“老實點！別教大家聽見！出了城，那就聽王排長的了。他是軍人，必能找到軍隊！”

“就這麼辦了，大哥！”

“你願意？不後悔？”

“大哥你怎麼啦？我自己要走的，能後悔嗎？況且，別的事可以後悔，這種事——逃出去，不作亡國奴——還有甚麼可後悔的呢？”

瑞宣沉靜了一會兒才說：“我是說，逃出去以後，不就是由地獄入了天堂，以後的困難還多的很呢。前些日子我留你，不准你走，也就是這個意思。五分鐘的熱氣能使任何人登時成為英雄，真正的英雄卻是無

論受多麼久，多麼大的困苦，而仍舊毫無悔意或灰心的人！記着我這幾句話，老三！記住了，在國旗下吃糞，也比在太陽旗下吃肉強！你要老不灰心喪氣，老像今天晚上這個勁兒，我才放心！好，我找李四大爺去。”

瑞宣去找李四爺。老人已經睡了覺，瑞宣現把他叫起來。李四媽也跟着起來，夾七夾八的一勁兒問：是不是祁大奶奶要添娃娃？還是誰得了暴病，要請醫生？經瑞宣解釋了一番，她才明白他是來與四爺商議事體，而馬上決定非去給客人燒一壺水喝不可，瑞宣攔不住她，而且覺得她離開屋裏也省得再打岔，只好答應下來。她掩着懷，瞎摸合眼的走出去，現找劈柴生火燒水。乘着她在外邊瞎忙，瑞宣把來意簡單的告訴了老人。老人橫打鼻梁，願意幫忙。

“老大，你到底是讀書人，想得周到！”老人低聲的説：“城門上，車站上，檢查得極嚴，實在不容易出去。當過兵的人，手上腳上身上彷彿全有記號，日本人一看就認出來；捉住，準殺頭！出殯的，連棺材都要在城門口教巡警拍一拍，可是穿孝的人倒還沒受過多少麻煩。這件事交給我了，明天就有一檔子喪事，你教他們倆一清早就跟我走，槓房有孝袍子，我給他們賃兩身。然後，是教他倆裝作孝子，還是打執事的，我到時候看，怎麼合適怎辦！”

四大媽的水沒燒開，瑞宣已經告辭，她十分的抱歉，硬説柴禾被雨打濕了：“都是這個老東西，甚麼事也不管；下雨的時候，連劈柴也不搬進去！”

“閉上你的嘴！半夜三更的你嚎甚麼！”老人低聲的責罵。

瑞宣又去找錢老者。

這時候，瑞全在屋裏興奮得不住的打嗝，彷彿被食物噎住了似的。想想這個，想想那個，他的思想像走馬燈似的，隨來隨去，沒法集中。他恨不能一步跳出城去，加入軍隊去作戰。剛想到這裏，他又看見自己跟招弟姑娘在北海的蓮花中蕩船。他很願意馬上看見她，告訴她他要逃出城去，作個抗戰的英雄！不，不，不，他又改了主意，她沒出息，絕對不會欣賞他的勇敢與熱烈。這樣亂想了半天，他開始感到疲乏，還有一點煩悶。期待是最使人心焦的事，他的心已飛到想像的境界，而身子還在自己的屋裏，他不知如何處置自己。

媽媽咳嗽了兩聲。他的心立時靜下來。可憐的媽媽！只要我一出這個門，恐怕就永遠不能相見了！他輕輕的走到院中。一天的明星，天河特別的白。他只穿着個背心，被露氣一侵，他感到一點涼意，胳臂上起了許多小冷疙瘩。他想急忙走進南屋，看一看媽媽，跟她説兩句極溫柔的話。極輕極快的，他走到南屋的窗外。他立定，沒有進去的勇氣。在平日，他萬也沒想到母子的關係能夠這麼深切。他常常對同學們説：“一個現代青年就像一隻雛雞，生下來就可以離開母親，用自己的小爪掘食兒吃！”現在，他木在那裏。他決不後悔自己的決定，他一定要逃走，去盡他對國家應盡的責任；但是，他至少也須承認他並不像一隻雞雛，而是永遠，永遠與母親在感情上有一種無可分離的聯繫。立了有好大半天，他聽見小順兒哼唧。媽媽出了聲：“這孩子！有臭蟲，又不許拿！活像你三叔的小時候，一拿臭蟲就把燈盞兒打翻！”他的腿有點軟，手扶住了窗台。他還不能後悔逃亡的決定，可也不以自己的腿軟為可恥。在分析不清自己到底是勇敢，還是軟弱，是富於感情，還是神經脆弱之際，他想起日本人的另一罪惡——有多少母與子，夫與妻，將受到無情的離異，與永久的分別！想到這裏，他的脖子一使勁，離開了南屋的窗前。

在院裏，他繞了一個圈兒。大嫂的屋裏還點着燈。他覺得大嫂也不像往日那麼俗氣與瑣碎了。他想進去安慰她幾句，表明自己平日對她的頂撞無非是叔嫂之間的小小的開玩笑，在心裏他是喜歡大嫂，感激大嫂的。可是，他沒敢進去，青年人的嘴不是為道歉預備着的！

瑞宣從外面輕輕的走進來，直奔了三弟屋中去。老三輕手躡腳的緊跟來，他問：“怎樣？大哥！”

“明天早晨走！”瑞宣好像已經筋疲力盡了似的，一下子坐在牀沿上。

“明——”老三的心跳得很快，說不上話來。以前，瑞宣不許他走，他非常的着急；現在，他又覺得事情來的太奇突了似的。用手摸了摸他的胳臂，他覺得東西都沒有預備，自己只穿着件背心，實在不像將有遠行的樣子。半天，他才問出來：“帶甚麼東西呢？”

“啊？”瑞宣彷彿把剛才的一切都忘記了，眼睛直

鈎鈎的看着弟弟，答不出話來。

“我説，我帶甚麼東西？”

“嘔！”瑞宣聽明白了，想了一想：“就拿着點錢吧！還帶着，帶着，你的純潔的心，永遠帶着！”他還有千言萬語，要囑告弟弟，可是他已經不能再説出甚麼來。摸出錢袋，他的手微顫着拿出三十塊錢的票子來，輕輕的放在牀上。然後，他立起來，把手搭在老三的肩膀上，細細的看着他。“明天早上我叫你！別等祖父起來，咱們就溜出去！老三！”他還要往下説，可是閉上了嘴。一扭頭，他輕快的走出去。老三跟到門外，也沒説出甚麼來。

弟兄倆誰也睡不着。在北平陷落的那一天，他們也一夜未曾合眼。但是，那一夜，他們只覺得渺茫，並抓不住一點甚麼切身的東西去思索或談論。現在，他們才真感到國家，戰爭，與自己的關係，他們須把一切父子兄弟朋友的親熱與感情都放在一旁，而且只有擺脱了這些最難割難捨的關係，他們才能肩起更大的責任。他們——既不准知道明天是怎樣——把過去的一切都想起來，因為他們是要分離；也許還是永久的分離。瑞宣等太太睡熟，又穿上衣服，找了老三去。他們直談到天明。

聽到祁老人咳嗽，他們溜了出去。李四爺是慣於早起的人，已經在門口等着他們。把弟弟交給了李四爺，瑞宣的頭，因為一夜未眠和心中難過，疼得似乎要裂開。他説不出甚麼來，只緊跟在弟弟的身後東轉西轉。

“大哥！你回去吧！”老三低着頭說。見哥哥不動，他又補了一句：“大哥，你在這裏我心慌！”

“老三！”瑞宣握住弟弟的手。“到處留神哪！”說完，他極快的跑回家去。

到屋中，他想睡一會兒。可是，他睡不着。他極疲乏，但是剛一閉眼，他就忽然驚醒，好像聽見甚麼對老三不利的消息。他愛老三；因為愛他，所以才放走他。他並不後悔教老三走，只是不能放心老三究竟走得脱走不脱。一會兒，他想到老三的參加抗戰的光榮，一會兒又想到老三被敵人擒住，與王排長一同去受最慘的刑罰。他的臉上和身上一陣陣的出着討厭的涼汗。

同時，他得想出言詞去敷衍家裏的人。他不能馬上痛痛快快的告訴大家實話，那會引起全家的不安，或者還會使老人們因關切而鬧點病。他得等合適的機會再說，而且有證據使大家放心老三的安全。

多麼長的天啊！太陽影兒彷彿隨時的停止前進，鐘上的針兒也像不會再動。好容易，好容易，到了四點鐘，他在棗樹下聽見四大媽高聲向李四爺說話。他急忙跑出去。李四爺低聲的說：

“他們出了城！”

4. 惶惑：瑞豐分家求榮

祁老人和天佑太太聽説瑞豐得了科長，喜歡得甚麼似的！説真的，祁老人幾乎永遠沒盼望過子孫們去作官；他曉得樹大招風，官大招禍，而不願意子孫們發展得太快了——他自己本是貧苦出身哪！天佑作掌櫃，瑞宣當教師，在他看，已經是增光耀祖的事，而且也是不招災不惹禍的事。他知道，家道暴發，遠不如慢慢的平穩的發展；暴發是要傷元氣的！作官雖然不必就是暴發，可是“官”，在老人心裏，總好像有些甚麼可怕的地方！

天佑太太的心差不多和老公公一樣。她永遠沒盼望過兒子們須大紅大紫，而只盼他們結結實實的，規規矩矩的，作些不甚大而被人看得起的事。

瑞豐作了科長。老人與天佑太太可是都很喜歡。一來是，他們覺得家中有個官，在這亂鬧東洋鬼子的時際，是可以仗膽子的。二來是，祁家已有好幾代都沒有產生一個官了。現在瑞豐的作官既已成為事實，老人們假若一點不表示歡喜，就有些不近人情——一個吃素的人到底不能不覺到點驕傲，當他用雞魚款待友人的時候。況且幾代沒官，而現在忽然有了官，祁老

原著第一部“惶惑”第三十節，文字有刪節

人就不能不想到房子——他獨力置買的房子——的確是有很好的風水。假若老人只從房子上着想，已經有些得意，天佑太太就更應該感到驕傲，因為“官兒子”是她生養的！即使她不是個淺薄好虛榮的人，她也應當歡喜。

可是，及至聽說二爺決定搬出去，老人們的眼中都發了一下黑。祁老人覺得房子的風水只便宜了瑞豐，而並沒榮耀到自己！再一想，作了官，得了志，就馬上離開老窩，簡直是不孝！風水好的房子大概不應當出逆子吧？老太爺決定在炕上躺着不起來，教瑞豐認識認識“祖父的冷淡”！天佑太太很為難：她不高興二兒子竟自這麼狠心，得了官就踩腳一走。可是，她又不便攔阻他；她曉得現在的兒子是不大容易老拴在家裏的，這年月時行“娶了媳婦不要媽”！同時，她也很不放心，老二要是言聽計從的服從那個胖老婆，他是會被她毀了的。她想，她起碼應該警告二兒子幾句。可是，她又懶得開口——兒子長大成人，媽媽的嘴便失去權威！她深深的明瞭老二是寧肯上了老婆的當，也不肯聽從媽媽的。最後，她決定甚麼也不說，而在屋中躺着，裝作身體又不大舒服。

小順兒的媽決定沉住了氣，不去嫉妒老二作官。她的心眼兒向來是很大方的。她歡歡喜喜的給老人們和老二夫婦道了喜。聽到老二要搬了走，她也並沒生氣，因為她知道假若還在一處同居，官兒老二和官兒二太太會教她吃不消的。他們倆走了倒好。他們倆走後，她倒可以安心的伺候着老人們。在她看，伺候老人們是她的天職。那麼，多給老人們盡點心，而少生點兒弟妯娌間的閒氣，算起來還倒真不錯呢！

剛一聽到這個消息，瑞宣沒顧了想別的，而只感到鬆了一口氣——管老二幹甚麼去呢，只要他能自食其力的活着，能不再常常來討厭，老大便謝天謝地！

待了一會兒，他可是趕快的變了卦。不，他不能就這麼不言不語的教老二夫婦搬出去。他是哥哥，理應教訓弟弟。還有，他與老二都是祁家的人，也都是中國的國民，祁瑞宣不能有個給日本人作事的弟弟！瑞豐不止是找個地位，苟安一時，而是去作小官兒，去作漢奸！瑞宣的身上忽然一熱，有點發癢；祁家出了漢奸！老三逃出北平，去為國效忠，老二可在家裏作日本人的官，這筆賬怎麼算呢？認真的說，瑞宣的心裏有許多界劃不甚清，黑白不甚明的線兒。他的理想往往被事實戰敗，他的堅強往往被人生的小苦惱給軟化，因此，他往往不固執己見，而無可無不可的，睜一眼閉一眼的，在家庭與社會中且戰且走的活着。對於忠奸之分，和與此類似的大事上，他可是絕對不許他心中有甚麼界劃不清楚的線條兒。忠便是忠，奸便是奸。這可不能像吃了一毛錢的虧，或少給了人家一個銅板那樣可以馬虎過去。

他在院中等着老二。石榴樹與夾竹桃甚麼的都已收到東屋去，院中顯着空曠了一些。南牆根的玉簪，秋海棠，都已枯萎；一些黃的大葉子，都殘破無力的垂掛着，隨時有被風颼走的可能。在往年，祁老人必定早已用爐灰和煤渣兒把它們蓋好，上面還要扣上空

花盆子。今年，老人雖然還常常安慰大家，說“事情不久就會過去”，可是他自己並不十分相信這個話，他已不大關心他的玉簪花便是很好的證明。兩株棗樹上連一個葉子也沒有了，枝頭上蹲着一對縮着脖子的麻雀。天上沒有雲，可是太陽因為不暖而顯着慘澹。屋脊上有兩三棵乾了的草在微風裏擺動。瑞宣無聊的，悲傷的，在院中走溜兒。

一看見瑞豐夫婦由外面進來，他便把瑞豐叫到自己的屋中去。他對人最喜歡用暗示，今天他可決不用它，他曉得老二是不大聽得懂暗示的人，而事情的嚴重似乎也不允許他多繞彎子。他開門見山的問：“老二，你決定就職？”

老二拉了拉馬褂的領子，沉住了氣，回答：“當然！科長不是隨便在街上就可以揀來的！”

“你曉得不曉得，這是作漢奸呢？”瑞宣的眼盯住了老二的。

“漢——”老二的確沒想過這個問題，他張着嘴，有半分多鐘沒說出話來。慢慢的，他並上了口；很快的，他去搜索腦中，看有沒有足以駁倒老大的話。一想，他便想到：“科長——漢奸！兩個絕對聯不到一處的名詞！”想到，他便說出來了。

“那是在太平年月！”瑞宣給弟弟指出來。“現在，無論作甚麼，我們都得想一想，因為北平此刻是教日本人佔據着！”

老二要說：“無論怎樣，科長是不能隨便放手的！”可是沒敢說出來，他先反攻一下：“要那麼說呀，大哥，父親開舖子賣日本貨，你去教書，不也是漢奸嗎？”

瑞宣很願意不再說甚麼，而教老二幹老二的去。可是，他覺得不應當負氣。笑了笑，他說：“那大概不一樣吧？據我看，因家庭之累或別的原因，逃不出北平，可是也不蓄意給日本人作事的，不能算作漢奸。像北平這麼多的人口，是沒法子一下兒都逃空的。逃不了，便須掙錢吃飯，這是沒法子的事。不過，為掙錢吃飯而有計劃的，甘心的，給日本人磕頭，藍東陽和冠曉荷，和你，便不大容易說自己不是漢奸了。你本來可以逃出去，也應當逃出去。可是你不肯。不肯逃，而仍舊老老實實作你的事，你既只有當走不走的罪過，而不能算是漢奸。現在，你很高興能在日本人派來的局長手下作事，作行政上的事，你就已經是投降給日本人；今天你甘心作科長，明日也大概不會拒絕作局長；你的心決定了你的忠奸，倒不一定在乎官職的大小。老二！聽我的話，帶着弟妹逃走，作一個清清白白的人！我沒辦法，我不忍把祖父，父母都乾擱在這裏不管，而自己遠走高飛；可是我也決不從日本人手裏討飯吃。可以教書，我便繼續教書；書不可以教了，我設法去找別的事；實在沒辦法，教我去賣落花生，我也甘心；我可就是不能給日本人作事！我覺得，今天日本人要是派我作個校長，我都應當管自己叫作漢奸，更不用說我自己去運動那個地位了！”

說完這一段話，瑞宣像吐出插在喉中的一根魚刺那麼痛快。他不但勸告了老二，也為自己找到了無可如何的，似妥協非妥協的，地步。這段話相當的難說，因為他所要分劃開的是那麼微妙不易捉摸。可是他竟自把它說出來；他覺得高興——不是高興他的言語的技巧，而是滿意他的話必是發自內心的真誠；他真不肯投降給敵人，而又真不易逃走，這兩重“真”給了他兩道光，照明白了他的心路，使他的話不至於混含或模糊。

瑞豐楞住了，他萬也沒想到大哥會囉嗦出那麼一大套。在他想：自己正在找事的時候找到了事，而且是足以使藍東陽都得害點怕的事，天下還有比這更簡單，更可喜的沒有？沒有！那麼，他理應歡天喜地，慶祝自己的好運與前途；怎麼會說着說着說出漢奸來呢？他心中相當的亂，猜不準到底大哥說的是甚麼意思。他決定不再問。他只能猜到：瑞宣的學問比他好，反倒沒作上官，一定有點嫉妒。妒就妒吧，誰教老二的運氣好呢！他立起來，正了正馬褂，像要笑，又像要說話，而既沒笑，也沒說話的搭訕着，可又不是不驕傲的，走了出去。既不十分明白哥哥的話，又找不到甚麼足以減少哥哥的妒意的辦法，他只好走出去，就手兒也表示出哥哥有哥哥的心思，弟弟有弟弟的辦法，誰也別干涉誰！

他剛要進自己的屋子，冠先生，大赤包，藍東陽一齊來到。兩束禮物是由一個男僕拿着，必恭必敬的隨在後邊。

大赤包的聲勢浩大，第一聲笑便把棗樹上的麻雀嚇跑。第二聲，把小順兒和妞子嚇得躲到廚房去：

"媽！媽！"小順兒把眼睛睜得頂大，急切的這樣叫："那，那院的大紅娘們來了！"是的，大赤包的袍子是棗紅色的。第三聲，把祁老人和天佑太太都趕到炕上去睡倒，而且都發出不見客的哼哼。

祁老人，天佑太太，瑞宣夫婦都沒有出來招待客人。小順兒的媽本想過來張羅茶水，可是瑞宣在玻璃窗上瞪了一眼，她便又輕輕的走回廚房去。

5. 偷生：北平的秋

中秋前後是北平最美麗的時候。天氣正好不冷不熱，晝夜的長短也劃分得平勻。沒有冬季從蒙古吹來的黃風，也沒有伏天裏挾着冰雹的暴雨。天是那麼高，那麼藍，那麼亮，好像是含着笑告訴北平的人們：在這些天裏，大自然是不會給你們甚麼威脅與損害的。西山北山的藍色都加深了一些，每天傍晚還披上各色的霞帔。

在太平年月，街上的高攤與地攤，和果店裏，都陳列出只有北平人才能一一叫出名字來的水果。各種各樣的葡萄，各種各樣的梨，各種各樣的蘋果，已經叫人夠看夠聞夠吃的了，偏偏又加上那些又好看好聞好吃的北平特有的葫蘆形的大棗，清香甜脆的小白梨，像花紅那樣大的白海棠，還有只供聞香兒的海棠木瓜，與通體有金星的香檳子，再配上為拜月用的，貼着金紙條的枕形西瓜，與黃的紅的雞冠花，可就使人顧不得只去享口福，而是已經辨不清哪一種香味更好聞，哪一種顏色更好看，微微的有些醉意了！

那些水果，無論是在店裏或攤子上，又都擺列的那麼好看，果皮上的白霜一點也沒蹭掉，而都被擺成

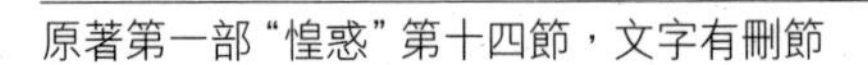

原著第一部“惶惑”第十四節，文字有刪節

放着香氣的立體的圖案畫，使人感到那些果販都是些藝術家，他們會使美的東西更美一些。況且，他們還會唱呢！他們精心的把攤子擺好，而後用清脆的嗓音唱出有腔調的“果讚”：“唉——一毛錢兒來耶，你就挑一堆我的小白梨兒，皮兒又嫩，水兒又甜，沒有一個蟲眼兒，我的小嫩白梨兒耶！”歌聲在香氣中顫動，給蘋果葡萄的靜麗配上音樂，使人們的腳步放慢，聽着看着嗅着北平之秋的美麗。

同時，良鄉的肥大的栗子，裹着細沙與糖蜜在路旁唰啦唰啦的炒着，連鍋下的柴煙也是香的。“大酒缸”門外，雪白的葱白正拌炒着肥嫩的羊肉；一碗酒，四兩肉，有兩三毛錢就可以混個醉飽。高粱紅的河蟹，用蓆簍裝着，沿街叫賣，而會享受的人們會到正陽樓去用小小的木錘，輕輕敲裂那毛茸茸的蟹腳。

同時，在街上的“香艷的”果攤中間，還有多少個兔兒爺攤子，一層層的擺起粉面彩身，身後插着旗傘的兔兒爺——有大有小，都一樣的漂亮工細，有的騎着老虎，有的坐着蓮花，有的肩着剃頭挑兒，有的背着鮮紅的小木櫃；這雕塑的小品給千千萬萬的兒童心中種下美的種子。

同時，以花為糧的豐台開始一挑一挑的往城裏運送葉齊苞大的秋菊，而公園中的花匠，與愛美的藝菊家也準備給他們費了半年多的苦心與勞力所養成的奇葩異種開“菊展”。北平的菊種之多，式樣之奇，足以

甲天下。

同時，像春花一般驕傲與俊美的青年學生，從清華園，從出產蓮花白酒的海甸，從東南西北城，到北海去划船；荷花久已殘敗，可是荷葉還給小船上的男女身上染上一些清香。

同時，那文化過熟的北平人，從一入八月就準備給親友們送節禮了。街上的舖店用各式的酒瓶，各種餡子的月餅，把自己打扮得像鮮艷的新娘子；就是那不賣禮品的舖戶也要湊個熱鬧，掛起秋節大減價的綢條，迎接北平之秋。

北平之秋就是人間的天堂，也許比天堂更繁榮一點呢！

祁老太爺的生日是八月十三。口中不說，老人的心裏卻盼望着這一天將與往年的這一天同樣的熱鬧。每年，過了生日便緊跟着過節，即使他正有點小小的不舒服，他也必定掙扎着表示出歡喜與興奮。在六十歲以後，生日與秋節的聯合祝賀幾乎成為他的宗教儀式——在這天，他須穿出最心愛的衣服；他須在事前預備好許多小紅紙包，包好最近鑄出的銀角子，分給向他祝壽的小兒；他須極和善的詢問親友們的生活近況，而後按照着他的生活經驗逐一的給予鼓勵或規勸；他須留神觀察，教每一位客人都吃飽，並且檢出他所不大喜歡的瓜果或點心給兒童們拿了走。他是老壽星，所以必須作到老壽星所應有的一切慈善，客氣，寬大，好免得教客人們因有所不滿而暗中抱怨，以致損了他的壽數。生日一過，他感到疲乏；雖然還

表示出他很關心大家怎樣過中秋節，而心中卻只把它作為生日的尾聲，過不過並不太緊要，因為生日是他自己的，過節是大家的事；這一家子，連人口帶產業，都是他創造出來的，他理應有點自私。

今年，他由生日的前十天，已經在夜間睡得不甚安貼了。他心中很明白，有日本人佔據着北平，他實在不應該盼望過生日與過節能和往年一樣的熱鬧。雖然如此，他可是不願意就輕易的放棄了希望。錢默吟不是被日本憲兵捉去，至今還沒有消息麼？誰知道能再活幾天呢！那麼，能夠活着，還不是一件喜事嗎？為甚麼不快快活活的過一次生日呢？這麼一想，他不但希望過生日，而且切盼這一次要比過去的任何一次——不管可能與否——更加倍的熱鬧！說不定，這也許就是末一次了哇！況且，他準知道自己沒有得罪過日本人，難道日本人——不管怎樣不講理——還不准一個老實人慶一慶七十五的壽日嗎？

他決定到街上去看看。北平街市上，在秋節，應該是甚麼樣子，他一閉眼就能看得清清楚楚；他實在沒有上街去的必要。但是，他要出去，不是為看他所知道的秋節街市，而是為看看今年的街市上是否有過節的氣象。假若街上照常的熱鬧，他便無疑的還可以快樂的過一次生日。而日本人的武力佔領北平也就沒甚麼大了不得的地方了。

到了街上，他沒有聞到果子的香味，沒有遇到幾個手中提着或肩上擔着禮物的人，沒有看見多少中秋月餅。他本來走的很慢，現在完全走不上來了。他想得到，城裏沒有果品，是因為，城外不平安，東西都進不了城。他也知道，月餅的稀少是大家不敢過節的表示。他忽然覺得渾身有些發冷。在他心中，只要日本人不妨礙他自己的生活，他就想不起恨惡他們。對國事，正如對日本人，他總以為都離他很遠，無須乎過問。他只求能平安的過日子，快樂的過生日；他覺得他既沒有辜負過任何人，他就應當享有這點平安與快樂的權利！現在，他看明白，日本已經不許他過節過生日！

以祁老人的飽經患難，他的小眼睛裏是不肯輕易落出淚來的。但是，現在他的眼有點看不清前面的東西了。他已經活了七十五歲。假若小兒們會因為一點不順心而啼哭，老人們就會由於一點不順心而想到年歲與死亡的密切關係，而不大容易控制住眼淚，等到老人與小兒們都不會淚流，世界便不是到了最和平的時候，就是到了最恐怖的時候。

找了個豆汁兒攤子，他借坐了一會，心中才舒服了一些。

他開始往家中走。路上，他看見兩個兔兒爺攤子，都擺着許多大小不同的，五光十色的兔兒爺。在往年，他曾拉着兒子，或孫子，或重孫子，在這樣的攤子前一站，就站個把鐘頭，去欣賞，批評，和選購一兩個價錢小而手工細的泥兔兒。今天，他獨自由攤子前面過，他感到孤寂。同時，往年的兔兒爺攤子是與許多果攤兒立在一處的，使人看到兩種不同的東西，而極快的把二者聯結到一起——用鮮果供養兔子王。由於這觀念的聯合，人們的心中就又立刻勾出一幅美麗的，和平的，歡喜的，拜月圖來。今天，兩個兔兒爺的攤子是孤立的，兩旁並沒有那色香俱美的果子，使祁老人心中覺得異樣，甚至於有些害怕。

他想給小順兒和妞子買兩個兔兒爺。很快的他又轉了念頭——在這樣的年月還給孩子們買玩藝兒？可是，當他還沒十分打定主意的時候，擺攤子的人，一個三十多歲的瘦子，滿臉含笑的叫住了他："老人家照顧照顧吧！"由他臉上的笑容，和他聲音的溫柔，祁老人看出來，即使不買他的貨物，而只和他閒扯一會兒，他也必定很高興。祁老人可是沒停住腳步，他沒有心思買玩具或閒扯。瘦子趕過來一步："照顧照顧吧！便宜！"聽到"便宜"，幾乎是本能的，老人停住了腳。瘦子的笑容更擴大了，假若剛才還帶有不放心的意思，現在彷彿是已把心放下去。他笑着歎了口氣，似乎是說："我可抓到了一位財神爺！"

"老人家，您坐一會兒，歇歇腿兒！"瘦子把板凳拉過來，而且用袖子拂拭了一番。"我告訴您，擺出來三天了，還沒開過張，您看這年月怎辦？貨物都是一個夏天作好的，能夠不拿出來賣嗎？可是……"看老人已經坐下，他趕緊入了正題："得啦，你老人家拿我兩個大的吧，準保賠着本兒賣！您要甚麼樣子的？這一對，一個騎黑虎的，一個騎黃虎的，就很不錯！玩藝作的真地道！"

"給兩個小孩兒買，總得買一模一樣的，省得爭吵！"祁老人覺得自己是被瘦子圈弄住了，不得不先用話搪塞一下。

“有的是一樣的呀，您挑吧！”瘦子決定不放跑了這個老人。“您看，是要兩個黑虎的呢，還是來一對蓮花座兒的？價錢都一樣，我賤賤的賣！”

“我不要那麼大的！孩子小，玩藝兒大，容易摔

了！”老人又把瘦子支回去，心中痛快了一點。

“那麼您就挑兩個小的，得啦！”瘦子決定要把這號生意作成。“大的小的，價錢並差不多，因為小的工細，省了料可省不了工！”他輕輕的拿起一個不到三寸高的小兔兒爺，放在手心上細細的端詳：“您看，活兒作得有多麼細緻！”

小兔兒的確作得細緻：粉臉是那麼光潤，眉眼是那麼清秀，就是一個七十五歲的老人也沒法不像小孩子那樣的喜愛它。臉蛋上沒有胭脂，而只在小三瓣嘴上畫了一條細線，紅的，上了油；兩個細長白耳朵上淡淡的描着點淺紅；這樣，小兔兒的臉上就帶出一種英俊的樣子，倒好像是兔兒中的黃天霸似的。它的上身穿着朱紅的袍，從腰以下是翠綠的葉與粉紅的花，每一個葉褶與花瓣都精心的染上鮮明而勻調的彩色，使綠葉紅花都閃閃欲動。

祁老人的小眼睛發了光。但是，他曉得怎樣控制自己。他不能被這個小泥東西誘惑住，而隨便花錢。他會像懸崖勒馬似的勒住他的錢——這是他成家立業的首要的原因。

“我想，我還是挑兩個不大不小的吧！”他看出來，那些中溜兒的玩具，既不像大號的那麼威武，也不像小號的那麼玲瓏，當然價錢也必合適一點。

瘦子有點失望。可是，憑着他的北平小販應有的修養，他把失望都嚴嚴的封在心裏，不准走漏出半點味兒來。“您愛哪樣的就挑哪樣的，反正都是小玩藝兒，沒有好大的意思！”

老人費了二十五分鐘的工夫，挑了一對。又費了不到二十五分也差不多的時間，講定了價錢。講好了價錢，他又坐下了——非到無可如何的時候，他不願意往外掏錢；錢在自己的口袋裏是和把狗拴在屋裏一樣保險的。

瘦子並不着急。他願意有這麼位老人坐在這裏，給他作義務的廣告牌。同時，交易成了，彼此便變成朋友，他對老人説出心中的話：

"要照這麼下去，我這點手藝非絕了根兒不可！"

"怎麼？"老人把要去摸錢袋的手又拿了出來。

"您看哪，今年我的貨要是都賣不出去，明年我還傻瓜似的預備嗎？不會！要是幾年下去，這行手藝還不斷了根？您想是不是？"

"幾年？"老人的心中涼了一下。

"東三省……不是已經丢了好幾年了嗎？"

"哼！"老人的手有點發顫，相當快的掏出錢來，遞給瘦子。"哼！幾年！我就入了土嘍！"説完，他幾乎忘了拿那一對泥兔兒，就要走開，假若不是瘦子很小心的把它們遞過來。

"幾年！"他一邊走一邊自己嘟囔着。口中嘟囔着這兩個字，他心中的眼睛已經看到，他的棺材恐怕是要從有日本兵把守着的城門中抬出去，而他的子孫將要住在一個沒有兔兒爺的北平；隨着兔兒爺的消滅，許多許多可愛的，北平特有的東西，也必定絕了根！他想不起像"亡國慘"一類的名詞，去給他心中的抑鬱與關切一個簡單而有力的結論，他只覺得"絕了根"，無論是甚麼人和甚麼東西，是“十分”不對的！在他的活動了七十五年的心中，對任何不對的事情，向來很少有用“十分”來形容的時候。即使有時候他感到有用“十分”作形容的必要，他也總設法把它減到九分，八分，免得激起自己的怒氣，以致發生甚麼激烈的行動；他寧可吃虧，而決不去帶着怒氣應付任何的事。他沒讀過甚麼書，但是他老以為這種吃虧而不動氣的辦法是孔夫子或孟夫子直接教給他的。

一邊走，他一邊減低“十分”的成數。他已經七十五歲了，“老不以筋骨為能”，他必須往下壓制自己的憤怒。不知不覺的，他已走到了小羊圈，像一匹老馬那樣半閉着眼而能找到了家。走到錢家門外，他不由的想起錢默吟先生，而立刻覺得那個“十分”是減不得的。同時，他覺得手中拿着兩個兔兒爺是非常不合適的；錢先生怎樣了，是已經被日本人打死，還是熬着苦刑在獄裏受罪？好友生死不明，而他自己還有心程給重孫子買兔兒爺！想到這裏，他幾乎要承認錢少爺的摔死一車日本兵，和孫子瑞全的逃走，都是合理的舉動了。

6. 偷生：北平的冬

天越來越冷了。在往年，祁家總是在陰曆五六月裏叫來一輛大車煤末子，再卸兩小車子黃土，而後從街上喊兩位“煤黑子”來搖煤球，搖夠了一冬天用的。今年，從“七七”起，城門就時開時閉，沒法子僱車去拉煤末子。而且，在日本人的橫行霸道之下，大家好像已不顧得注意這件事，雖然由北平的冬寒來説這確是件很重要的事。連小順兒的媽和天佑太太都忘記了這件事。只有祁老人在天未明就已不能再睡的時候，還盤算到這個問題，可是當長孫媳婦告訴他種種的困難以後，他也只好抱怨大家都不關心家事，沒能在“七七”以前就把煤拉到，而想不出高明的辦法來。

煤一天天的漲價。北風緊吹，煤緊加價。唐山的煤大部分已被日本人截了去，不再往北平來，而西山的煤礦已因日本人與我們的遊擊隊的混戰而停了工。北平的煤斷了來源！

祁家只有祁老人和天佑的屋裏還保留着炕，其餘的各屋裏都早已隨着“改良”與“進步”而拆去，換上了木牀或鐵牀。祁老人喜歡炕，正如同他喜歡狗皮襪頭，一方面可以表示出一點自己不喜新厭故的人格，

原著第一部“惶惑”第二十九節，文字有刪節

另一方面也是因為老東西確實有它們的好處，不應當一筆抹殺。在北平的三九天，儘管祁老人住的是向陽的北房，而且牆很厚，窗子糊得很嚴，到了後半夜，老人還是感到一根針一根針似的小細寒風，向腦門子，向肩頭，繼續不斷的刺來。儘管老人把身子蜷成一團，像隻大貓，並且蓋上厚被與皮袍，他還是覺不到溫暖。只有炕洞裏升起一小爐火，他才能舒舒服服的躺一夜。

天佑太太並不喜歡睡熱炕，她之所以保留着它是她準知道孫子們一到三四歲就必被派到祖母屋裏來睡，而有一鋪炕是非常方便的。炕的面積大，孩子們不容易滾了下去；半夜裏也容易照管，不至於受了熱或着了涼。可是，她的南屋是全院中最潮濕的，最冷的；到三九天，夜裏能把有水的瓶子凍炸。因此，她雖不喜歡熱炕，可也得偶爾的燒它一回，趕趕濕寒。

沒有煤！祁老人感到一種恐怖！日本人無須給他任何損害與干涉，只須使他在涼炕上過一冬天，便是極難熬的苦刑！天佑太太雖然沒有這麼惶恐，可也知道冬天沒有火的罪過是多麼大！

瑞宣不敢正眼看這件事。假若他有錢，他可以馬上出高價，乘着城裏存煤未賣淨的時候，囤起一冬或一年的煤球與煤塊。但是，他與老二都幾個月沒拿薪水了，而父親的收入是很有限的。

小順兒的媽以家主婦的資格已向丈夫提起好幾次：“冬天要是沒有火，怎麼活着呢？那，北平的人得凍死一半！”

瑞宣幾次都沒正式的答覆她，有時候他慘笑一下，有時候假裝耳聾。有一次，小順兒代替爸爸發了言：“媽，沒煤，順兒去揀煤核兒！”又待了一會兒，他不知怎麼想起來：“媽！也會沒米，沒白麵吧？”

“別胡説啦！”小順兒的媽半惱的説：“你願意餓死！混小子！”

瑞宣楞了半天，心裏説：“怎見得不會不絕糧呢！”他一向沒想到過這樣的問題。經小順兒這麼一説，他的眼忽然看出老遠老遠去。今天缺煤，怎見得明天就不缺糧呢？以前，他以為亡城之苦是乾脆的受一刀或一槍；今天，他才悟過來，那可能的不是脆快的一刀，而是慢慢的，不見血的，凍死與餓死！想到此處，他否認了自己不逃走的一切理由。凍，餓，大家都得死，誰也救不了誰；難道因為他在家裏，全家就可以沒煤也不冷，沒米也不餓嗎？他算錯了賬！

掏出老三的那封信，他讀了再讀的讀了不知多少遍。他渴望能和老三談一談。只有老三能明白他，能替他決定個主意。

他真的憋悶極了，晚間竟自和韻梅談起這回事。

平日，對家務事，他向來不但不專制，而且多少多少糖豆酸棗兒的事都完全由太太決定，他連問也不問。現在，他不能再閉着口，他的腦中已漲得要裂。

韻梅不肯把她的水靈的眼睛看到山後邊去，也不願丈夫那麼辦。"孩子的話，幹嗎記在心上呢？我看，慢慢的就會有了煤！反正着急也沒用！捱餓？我不信一個活人就那麼容易餓死！你也走？老二反正不肯養活這一家人！我倒肯，可又沒掙錢的本事！算了吧，別胡思亂想啦，過一天是一天，何必繞着彎去發愁呢！"

她的話沒有任何理想與想像，可是每一句都那麼有分量，使瑞宣無從反駁。是的，他無論怎樣，也不能把全家都帶出北平去。那麼，一家老幼在北平，他自己就也必定不能走。這和二加二是四一樣的明顯。

他只能盼望國軍勝利，快快打回北平！

7. 偷生：北平的春

春天好似不管人間有甚麼悲痛，又帶着它的溫暖與香色來到北平。地上與河裏的冰很快的都化開，從河邊與牆根都露出細的綠苗來。柳條上綴起鵝黃的碎點，大雁在空中排開隊伍，長聲的呼應着。一切都有了生意，只有北平的人還凍結在冰裏。

苦了小順兒和妞子。這本是可以買幾個模子，磕泥餑餑的好時候。用黃土泥磕好了泥人兒，泥餅兒，都放在小凳上，而後再從牆根採來葉兒還捲着的香草，擺在泥人兒的前面，就可以唱了呀："泥泥餑餑，泥泥人兒耶，老頭兒喝酒，不讓人兒耶！"這該是多麼得意的事呀！可是，媽媽不給錢買模子，而當挖到了香草以後，唱着"香香蒿子，辣辣罐兒耶"的時候，父親也總是不高興的說："別嚷！別嚷！"

他們不曉得媽媽近來為甚麼那樣吝嗇，連磕泥餑餑的模子也不給買。爸爸就更奇怪，老那麼橫虎子似的，說話就瞪眼。太爺爺本是他們的"救主"，可是近來他老人家也彷彿變了樣子。在以前，每逢柳樹發了綠的時候，他必定帶着他們到護國寺去買赤包兒秧子，葫蘆秧子，和甚麼小盆的"開不夠"與各種花仔

原著第二部"偷生"第三十五節，文字有刪節

兒。今年，他連蘿蔔頭，白菜腦袋，都沒有種，更不用說是買花秧去了。

爺爺不常回來，而且每次回來，都忘記給他們帶點吃食。這時候不是正賣豌豆黃，愛窩窩，玫瑰棗兒，柿餅子，和天津蘿蔔麼？怎麼爺爺總說街上甚麼零吃也沒有賣的呢？小順兒告訴妹妹：“爺爺準是愛說瞎話！”

祖母還是待他們很好，不過，她老是鬧病，哼哼唧唧的不高興。她常常唸叨三叔，盼望他早早回來，可是當小順兒自告奮勇，要去找三叔的時候，她又不准。小順兒以為只要祖母准他去，他必定能把三叔找回來。他有把握！妞子也很想念三叔，也願意陪着哥哥去找他。因為這個，他們小兄妹倆還常拌嘴。小順兒說：“妞妞，你不能去！你不認識路！”妞子否認她不識路：“我連四牌樓，都認識！”

一家子裏，只有二叔滿面紅光的怪精神。可是，他也不是怎麼老不回來。他只在新年的時候來過一次，大模大樣的給太爺爺和祖母磕了頭就走了，連一斤雜拌兒也沒給他們倆買來。所以他們倆拒絕了給他磕頭拜年，媽媽還直要打他們；臭二叔！胖二嬸根本沒有來過，大概是，他們猜想，肉太多了，走不動的緣故。

最讓他們羨慕的是冠家。看人家多麼會過年！當媽媽不留神的時

候，他們倆便偷偷的溜出去，在門口看熱鬧。哎呀，冠家來了多少漂亮的姑娘呀！每一個都打扮得那麼花哨好看，小妞子都看呆了，嘴張着，半天也閉不上！她們不但穿得花哨，頭和臉都打扮得漂亮，她們也都非常的活潑，大聲的說着笑着，一點也不像媽媽那麼愁眉苦眼的。她們到冠家來，手中都必拿着點禮物。小順兒把食指含在口中，連連的吸氣。小妞子"一、二、三，"的數着；她心中最大的數字是"十二"，一會兒她就數到了"十二個瓶子！十二包點心！十二個盒子！"她不由的發表了意見："他們過年，有多少好吃的呀！"

他們還看見一次，他們的胖嬸子也拿着禮物到冠家去。他們最初以為她是給他們買來的好吃食，而跑過去叫她，她可是一聲也沒出便走進冠家去。因此，他們既羨慕冠家，也恨冠家——冠家奪去他們的好吃食。他們回家報告給媽媽：敢情胖嬸子並不是胖得走不動，而是故意的不來看他們。媽媽低聲的囑咐他們，千萬別對祖母和太爺爺說。他們不曉得這是為了甚麼，而只覺得媽媽太奇怪；難道胖二嬸不是他們家的人麼？難道她已經算是冠家的人了麼？但是，媽媽的話是不好違抗的，他們只好把這件氣人的事存在心裏。小順兒告訴妹妹："咱們得聽媽媽的話喲！"說完他像小大人似的點了點頭，彷彿增長了學問似的。

是的，小順兒確是長了學問。你看，家中的大人們雖然不樂意聽冠家的事，可是他們老嘀嘀咕咕的講論錢家。錢家，他由大人的口中聽到，已然只剩了一所空房子，錢少奶奶回了娘家，那位好養花的老頭兒忽然不見了。他上哪兒去了呢？沒有人知道。太爺爺沒事兒就和爸爸嘀咕這回事。有一回，太爺爺居然為這個事而落了眼淚。小順兒忙着躲開，大人們的淚是不喜歡教小孩子看見的。媽媽的淚不是每每落在廚房的爐子上麼？

更教小順兒心裏跳動而不敢説甚麼的事，是，聽説錢家的空房子已被冠先生租了去，預備再租給日本人。日本人還沒有搬了來，房屋可是正在修理——把窗子改矮，地上換木板好擺日本的"榻榻密"。小順兒很想到一號去看看，又怕碰上日本人。他只好和了些黃土泥，教妹妹當泥瓦匠，建造小房子。他自己作監工的。無論妹妹把窗子蓋得多麼矮，他總要挑剔："還太高！還太高！"他捏了個很小的泥人，也就有半寸高吧。"你看看，妹，日本人是矮子，只有這麼高呀！"

這個遊戲又被媽媽禁止了。媽媽彷彿以為日本人不但不是那麼矮，而且似乎還很可怕；她為將要和日本人作鄰居，愁得甚麼似的。小順兒看媽媽的神氣不對，不便多問；他只命令妹妹把小泥屋子毀掉，他也把那個不到半寸高的泥人揉成了個小球，扔在門外。

8. 偷生：北平的夏

在太平年月，北平的夏天是很可愛的。從十三陵的櫻桃下市到棗子稍微掛了紅色，這是一段果子的歷史——看吧，青杏子連核兒還沒長硬，便用拳頭大的小蒲簍兒裝起，和"糖稀"一同賣給小姐與兒童們。慢慢的，杏子的核兒已變硬，而皮還是綠的，小販們又接二連三的喊："一大碟，好大的杏兒嘍！"這個呼聲，每每教小兒女們口中饞出酸水，而老人們只好摸一摸已經活動了的牙齒，慘笑一下。不久，掛着紅色的半青半紅的"土"杏兒下了市。而吆喝的聲音開始音樂化，好像果皮的紅美給了小販們以靈感似的。而後，各種的杏子都到市上來競賽：有的大而深黃，有的小而紅艷，有的皮兒粗而味厚，有的核子小而爽口——連核仁也是甜的。最後，那馳名的"白杏"用綿紙遮護着下了市，好像大器晚成似的結束了杏的季節。當杏子還沒斷絕，小桃子已經歪着紅嘴想取而代之。杏子已不見了。各樣的桃子，圓的，扁的，血紅的，全綠的，淺綠而帶一條紅脊椎的，硬的，軟的，大而多水的，和小而脆的，都來到北平給人們的眼，鼻，口，以享受。

原著第二部"偷生"第四十一節，文字有刪節

紅李，玉李，花紅和虎拉車，相繼而來。人們可以在一個擔子上看到青的紅的，帶霜的發光的，好幾種果品，而小販得以充分的施展他的喉音，一口氣吆喝出一大串兒來——“買李子耶，冰糖味兒的水果來耶；喝了水兒的，大蜜桃呀耶；脆又甜的大沙果子來耶……”

每一種果子到了熟透的時候，才有由山上下來的鄉下人，背着長筐，把果子遮護得很嚴密，用拙笨的，簡單的呼聲，隔半天才喊一聲：大蘋果，或大蜜桃。他們賣的是真正的“自家園”的山貨。他們人的樣子與貨品的地道，都使北平人想像到西邊與北邊的青山上的果園，而感到一點詩意。

梨，棗和葡萄都下來的較晚，可是它們的種類之多與品質之美，並不使它們因遲到而受北平人的冷淡。北平人是以他們的大白棗，小白梨與牛乳葡萄傲人的。看到梨棗，人們便有“一葉知秋”之感，而開始要曬一曬夾衣與拆洗棉袍了。

在最熱的時節，也是北平人口福最深的時節。果子以外還有瓜呀！西瓜有多種，香瓜也有多種。西瓜雖美，可是論香味便不能不輸給香瓜一步。況且，香瓜的分類好似有意的“爭取民眾”——那銀白的，又酥又甜的“羊角蜜”假若適於文雅的仕女吃取，那硬而厚的，綠皮金黃瓤子的“三白”與“哈蟆酥”就適於少壯的人們試一試嘴勁，而“老頭兒樂”，顧名思義，是使沒牙的老人們也不至向隅的。

在端陽節，有錢的人便可以嚐到湯山的嫩藕了。趕到遲一點鮮藕也下市，就是不十分有錢的，也可以嚐到“冰碗”了——一大碗冰，上面覆着張嫩荷葉，葉上托着鮮菱角，鮮核桃，鮮杏仁，鮮藕，與香瓜組成的香，鮮，清，冷的，酒菜兒。就是那吃不起冰碗的人們，不是還可以買些菱角與雞頭米，嚐一嚐“鮮”嗎？

假若仙人們只吃一點鮮果，而不動火食，仙人在地上的洞府應當是北平啊！

天氣是熱的，可是一早一晚相當的涼爽，還可以作事。會享受的人，屋裏放上冰箱，院內搭起涼棚，他就會不受到暑氣的侵襲。假若不願在家，他可以到北海的蓮塘裏去划船，或在太廟與中山公園的老柏樹下品茗或擺棋。“通俗”一點的，什剎海畔借着柳樹支起的涼棚內，也可以爽適的吃半天茶，咂幾塊酸梅糕，或呷一碗八寶荷葉粥。願意灑脱一點的，可以拿上釣竿，到積水灘或高亮橋的西邊，在河邊的古柳下，作半日的垂釣。好熱鬧的，聽戲是好時候，天越熱，戲越好，名角兒們都唱雙齣。夜戲散台差不多已是深夜，涼風兒，從那槐花與荷塘吹過來的涼風兒，會使人精神振起，而感到在戲園受四五點鐘的悶氣並不冤枉，於是便哼着《四郎探母》甚麼的高高興興的走回家去。天氣是熱的，而人們可以躲開它！在家裏，在公園裏，在城外，都可以躲開它。假若願遠走幾步，還可以到西山臥佛寺，碧雲寺，與靜宜園去住幾

天啊。就是在這小山上，人們碰運氣還可以在野茶館或小飯舖裏遇上一位御廚，給作兩樣皇上喜歡吃的菜或點心。

就是在祁家，雖然沒有天棚與冰箱，沒有冰碗兒與八寶荷葉粥，大家可也能感到夏天的可愛。祁老人每天早晨一推開屋門，便可以看見他的藍的，白的，紅的，與抓破臉的牽牛花，帶着露水，向上仰着有蕊的喇叭口兒，好像要唱一首榮耀創造者的歌似的。他的倭瓜花上也許落着個紅的蜻蜓。他沒有上公園與北海的習慣，但是睡過午覺，他可以慢慢的走到護國寺。那裏的天王殿上，在沒有廟會的日子，有評講《施公案》或《三俠五義》的；老人可以泡一壺茶，聽幾回書。那裏的殿宇很高很深，老有溜溜的小風，可以教老人避暑。等到太陽偏西了，他慢慢的走回來，給小順兒和妞子帶回一兩塊豌豆黃或兩三個香瓜。小順兒和妞子總是在大槐樹下，一面揀槐花，一面等候太爺爺和太爺爺手裏的吃食。老人進了門，西牆下已有了蔭涼，便搬個小凳坐在棗樹下，吸着小順兒的媽給作好的綠豆湯。晚飯就在西牆兒的蔭涼裏吃。菜也許只是香椿拌豆腐，或小葱兒醃王瓜，可是老人永遠不挑剔。他是苦裏出身，覺得豆腐與王瓜是正合他的身分的。飯後，老人休息一會兒，就拿起瓦罐和噴壺，去澆他的花草。作完這項工作，天還沒有黑，他便坐在屋簷下和小順子們看飛得很低的蝙蝠，或講一兩個並沒有甚麼趣味，而且是講過不知多少遍數的故事。這樣，便結束了老人的一天。

天佑太太在夏天，氣喘得總好一些，能夠磨磨蹭蹭的作些不大費力的事。當吃餃子的時候，她端坐在炕頭上，幫着包；她包的很細緻嚴密，餃子的邊緣上必定捏上花兒。她也幫着曬菠菜，茄子皮，曬乾藏起去，備作年下作餃子餡兒用。吃倭瓜與西瓜的時候，她必把瓜子兒曬在窗台上，等到雨天買不到糖兒豆兒的，好給孩子們炒一些，佔住他們的嘴。這些小的操作使她暫時忘了死亡的威脅。有時候親友來到，看到她正在作事，就必定過分的稱讚她幾句，而她也就懶懶的回答："唉，我又活啦！可是，誰知道冬天怎樣呢！"

就是小順兒的媽，雖然在炎熱的三伏天，也還得給大家作飯，洗衣服，可也能抽出一點點工夫，享受一點只有夏天才能得到的閒情逸致。她可以在門口買兩朵晚香玉，插在頭上，給她自己放着香味；或找一點指甲草，用白礬搗爛，拉着妞子的小手，給她染紅指甲。

瑞宣沒有嗜好，不喜歡熱鬧，一個暑假他可充分的享受"清"福，他可以借一本書，消消停停的在北平圖書館消磨多半天，而後到北海打個穿堂，出北海後門，順便到什剎海看一眼。他不肯坐下喝茶，而只在極渴的時候，享受一碗冰鎮的酸梅湯。有時候，他高了興，也許到西直門外的河邊上，賃一領蓆，在柳蔭下讀讀雪萊或莎士比亞。設若他是帶着小順子，小順子就必撈回幾條金絲荷葉與燈籠水草，回到家中好要求太爺爺給他買兩條小金魚兒。

小順子與妞子的福氣，在夏天，幾乎比任何人的都大。第一，他們可以光着腳不穿襪，而身上只穿一件工人褲就夠了。第二，實在沒有別的好耍了，他們還有門外的兩株大槐樹。揀來槐花，他們可以要求祖母給編兩個小花籃。把槐蟲玩膩了，還可以在樹根和牆角搜索槐蟲變的"金剛"；金剛的頭會轉，一問牠哪是東，或哪是西，牠就不聲不響的轉一轉頭！第三，夏天的飯食也許因天熱而簡單一些，可是廚房裏的王瓜是可以在不得已的時候偷取一根的呀。況且，瓜果梨桃是不斷的有人給買來，小順兒聲明過不止一次："一天吃三百個桃子，不吃飯，我也幹！"就是下了大雨，不是門外還有吆喝："牛筋來豌豆，豆兒來乾又香"的嗎？那是多麼興奮的事呀，小順兒頭上蓋着破油布，光着腳，踩着水，到門口去買用花椒大料煮的豌豆。賣豌豆的小兒，戴着斗笠，褲角捲到腿根兒上，捧着笸籮。豌豆是用小酒盅兒量的，一個錢一小酒盅兒。買回來，坐在牀上，和妞子分食；妞子的那份兒一定沒有他的那麼香美，因為妞子沒去冒險到門外去買呀！等到雨晴了，看，成群的蜻蜓在院中飛，天上還有七色的虹啊！

可是，可是，今年這一夏天只有暑熱，而沒有任何其他的好處。祁老人失去他的花草，失去他的平靜，失去到天王殿聽書的興致。小順兒的媽勸他多少次喝會兒茶解解悶去，他的回答老是"這年月，還有心聽閒書去？"

天佑太太雖然身體好了一點，可是無事可作。

曬菠菜嗎？連每天吃的菠菜還買不到呢，還買大批的曬起來？城門三天一關，兩天一閉，青菜不能天天入城。趕到一防疫，在城門上，連茄子倭瓜都被灑上石灰水，一會兒就爛完。於是，關一次城，防一回疫，菜蔬漲一次價錢，弄得青菜比肉還貴！她覺得過這樣的日子大可不必再往遠處想了，過年的時候要吃乾菜餡的餃子？到過年的時候再說吧！誰知道到了新年物價漲到哪裏去，世界變成甚麼樣子呢！她懶得起牀了。

小順兒連門外也不敢獨自去耍了。那裏還有那兩株老槐，"金剛"也還在牆角等着他，可是他不敢再出去。一號搬來了兩家日本人，一共有兩個男人，兩個青年婦人，一個老太婆，和兩個八九歲的男孩子。自從他們一搬來，首先感到壓迫的是白巡長。冠曉荷儼然自居為太上巡長，他命令白巡長打掃胡同，通知鄰居們不要教小孩子們在槐樹下拉屎撒尿，告訴他槐樹上須安一盞路燈，囑咐他轉告倒水的"三哥"，無論天怎麼旱，井裏怎麼沒水，也得供給夠了一號用的——"告訴你，巡長，日本人是要天天洗澡的，用的水多！別家的水可以不倒，可不能缺了一號的！"

趣味重溫（1）

一、你明白嗎?

1. 在祁老太爺的心裏認定日本人最多只能佔領北京多長時間？（　　）
   a. 一年　　b. 三個月　　c. 八年　　d. 六個月

2. 對於北平淪陷，祁家三兄弟的態度和選擇分別是甚麼？請將相關選項連線搭配。

老大	祁瑞豐	憤怒	當僞科長
老二	祁瑞全	悲觀	留守北京
老三	祁瑞宣	求榮	出城抗日

3. 老舍筆下的北平春夏秋冬各有特色，試將下列節氣描述及物件與相應的季節連線搭配。

春	天氣正好不冷不熱，晝夜的長短也劃分得平勻……天是那麼高，那麼藍，那麼亮。	煤球
夏	窗子糊得很嚴，到了後半夜，老人還是感到一根針一根針似的小細寒風，向腦門子，向肩頭，繼續不斷的刺來。	柿餅子
秋	地上與河裏的冰很快的都化開，從河邊與牆根都露出細的綠苗來。柳條上綴起鵝黃的碎點，大雁在空中排開隊伍，長聲的呼應着。	兔兒爺
冬	天氣是熱的，可是一早一晚相當的涼爽，還可以作事。	香瓜

二、想深一層

1. 北平淪陷後，祁瑞宣經過激烈思想鬥爭，最終選擇幫助三弟瑞全出城抗日，自己留在北平當"亡國奴"，原因是（　　）

   a. 他知道抗日是一件長期的事，不急於作決定。

   b. 他想出去抗日，但受倫理孝道的約束，只好留在北平照顧家人。

   c. 他認為瑞全比自己更適合出去抗日。

   d. 他痛恨侵略，但也害怕流血犧牲。

2. 老舍大量運用修辭 ，將北平的春、夏、秋、冬描繪得美麗可愛，閱讀下列句子，想想它們都採用了哪些修辭手法。

a. 借代	b. 擬人	c. 擬物	d. 誇張
e. 明喻	f. 暗喻	g. 排比	

（1）天是那麼高，那麼藍，那麼亮，好像是含着笑告訴北平的人們：在這些天裏，大自然是不會給你們甚麼威脅與損害的。（　　）

（2）同時，像春花一般驕傲與俊美的青年學生，從清華園，從出產蓮花白酒的海甸，從東南西北城，到北海去划船。（　　）

（3）在往年，祁家總是在陰曆五六月裏叫來一輛大車煤末子，再卸輛小車子黃土，而後從街上喊兩位"煤黑子"來搖煤球，搖夠了一冬天用的。（　　）

（4）把槐蟲玩膩了，還可以在樹根和牆角搜索槐蟲變的"金剛"；金剛的頭會轉，一問牠哪是東，或哪是西，牠就不聲不響的轉一轉頭！（　　）

（5）北平之秋就是人間的天堂，也許比天堂更繁榮一點呢！(　　)

（6）她可以在門口買兩朵晚香玉，插在頭上，給她自己放着香味；或找一點指甲草，用白礬搗爛，拉着妞子的小手，給她染紅指甲。(　　)

（7）那些水果，無論是在店裏或攤子上，又都擺列的那麼好看，果皮上的白霜一點也沒蹭掉，而都被擺成放着香氣的立體的圖案畫，使人感到那些果販都是些藝術家，他們會使美的東西更美一些。(　　)

3. 《四世同堂》中塑造了許多胡同中的小人物，日本佔領北平後他們各自態度如何？請填入相應的群體中。試比較屬於哪一個群體的人物最多？想一想為甚麼？

a. 祁老太爺	b. 祁天佑	c. 祁瑞宣
d. 小順兒的媽	e. 李四爺	f. 小文夫婦
g. 小崔	h. 瑞全	i. 白巡長
j. 王排長	k. 招弟	l. 瑞豐
m. 錢默吟	n. 冠曉荷	o. 大赤包
p. 藍東陽	q. 錢家二少爺	r. 孫七

抗爭的群體　　　　忍讓的群體　　　　背叛的群體

三、延伸思考

1. 老舍曾說："我這輩子寫東西，沒離開北京。"閱讀相關章節，體會作者如何把北京描繪得親切可愛？感受老舍作品獨有的"京味兒"。

2. 老舍和魯迅都喜歡在文學作品裏諷刺社會、人性，試比較兩種諷刺風格的分別。

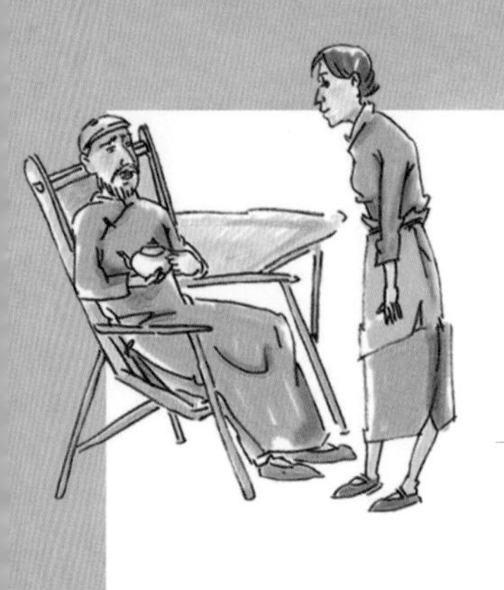

小專題二

皇城根下的"京味兒"

老舍是滿族旗人的後代。"旗人"一詞源於"八旗"制度，即清朝一種兵民合一的組織。清朝定鼎北京後，部分八旗駐紮北京，拱衛京師。老舍的父親就隸屬於駐京的正紅旗。到清末民初，世居京師二百幾十年的旗人們，已然成了北京城的"土著"：操着滿、漢方言結合而成的"京腔"、愛聽愛唱"京劇"、開創特色十足的"京味兒"文學，其中，旗人曹雪芹的《紅樓夢》將中國古典文學推上巔峰。

老舍曾說："我真愛北平。這個愛幾乎是說而說不出的。我愛我的母親，怎樣愛？我說不出……我之愛北平也近乎這個。"老舍說不出口的鄉情，幾乎在他所有作品中肆意流淌。《四世同堂》裏的每一段心酸總是牽起對故鄉深切的回憶：秋天裏，只有北平人才能一一叫出名字來的水果、良鄉的肥大的栗子、雪白的葱白正拌炒着肥嫩的羊肉、高粱紅的河蟹；一層層的擺起粉面彩身、身後插着旗傘的兔兒爺，把北平裝點成"人間的天堂"；春天，豌豆黃、愛窩窩、玫瑰棗兒、柿餅子，讓人垂涎；到夏天，各樣的杏子、桃子、紅李、玉李、花紅和虎拉車、大白棗、小白梨與牛乳葡萄、西瓜、香瓜，"都來到北平

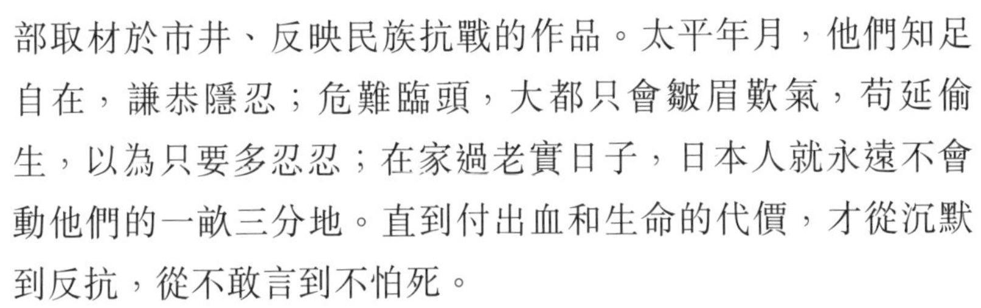

給人們的眼，鼻，口，以享受”。

老舍筆下的“皇城根兒”，不只有繁多的吃食、可愛的玩意兒，還有“小羊圈胡同”裏一群“老北平”。《四世同堂》就是這樣一部取材於市井、反映民族抗戰的作品。太平年月，他們知足自在，謙恭隱忍；危難臨頭，大都只會皺眉歎氣，苟延偷生，以為只要多忍忍；在家過老實日子，日本人就永遠不會動他們的一畝三分地。直到付出血和生命的代價，才從沉默到反抗，從不敢言到不怕死。

作者創作《四世同堂》，重回到所熟悉的北平，重現傳統觀念束縛的市井平民在淪陷城市的苦難和內心衝突，作者期待的是覺醒和抗爭，所以他就更要批判過去的那種處世之道。

9. 抗爭：天佑投水

天佑老頭兒簡直不知道怎麼辦好了。他是掌櫃的，他有權調動，處理，舖子中的一切。但是，現在他好像變成毫無作用，只會白吃三頓飯的人。冬天到了，正是大家添冬衣的時節，他卻買不到棉花，買不到布疋。買不進來，自然就沒有東西可賣，十個照顧主兒進來，倒有七八個空手出去的。當初，他是在北平學的徒；現在，他是在北平領着徒。他所學的，和所教給別人的，首要的是規矩客氣，而規矩客氣的目的是在使照顧主兒本想買一個，而買了兩個或三個；本想買白的，而也將就了灰的。顧客若是空着手出去，便是舖子的失敗。現在，天佑天天看見空手出去的人，而且不止一個。他沒有多少東西可賣。即使人家想多買，他也拿不出來。即使店夥的規矩客氣，可以使買主兒活了心，將就了顏色與花樣，他也沒有足以代替的東西；白布或者可以代替灰布，但是白布不能代替青緞。他的規矩客氣已失去了作用。

舖中只有那麼一些貨，越賣越少，越少越顯着寒傖。在往日，他的貨架子上，一格一格的都擺着摺得整整齊齊的各色的布，藍的是藍的，白的是白的，

原著第二部“偷生”第五十九節

都那麼厚厚的，嶄新的，安靜的，溫暖的，擺列着；有的發着點藍靛的溫和的味道，有的發着些悅目的光澤。天佑坐在靠進舖門的，覆着厚藍布棉墊子的大凳上，看着格子中的貨，聞着那點藍靛的味道，不由的便覺到舒服，愉快。那是貨物，也便是資本；那能生利，但也包括着信用，經營，規矩等等。即使在狂風暴雨的日子，一天不一定有一個買主，也沒有多大關係。貨物不會被狂風吹走，暴雨沖去；只要有貨，遲早必遇見識貨的人，用不着憂慮。在他的大凳子的盡頭，總有兩大蓆簍子棉花，雪白，柔軟，暖和，使他心裏發亮。

一斜眼，他可以看到內櫃的一半。雖然他的主要的生意是布疋，他可是也有個看得過眼的內櫃，陳列着綾羅綢緞。這些細貨有的是用棉紙包着斜立在玻璃櫥裏，有的是摺好平放在矮玻璃櫃子裏的。這裏，不像外櫃那樣樸素，而另有一種情調，每一種貨都有它的光澤與尊嚴，使他想像到蘇杭的溫柔華麗，想像到人生的最快樂的時刻——假若他的老父親慶八十大壽，不是要做一件紫的或深藍或古銅色的，大緞子夾袍麼？哪一對新婚夫婦不要穿上件絲織品的衣服呢？一看到內櫃，他不單想到豐衣足食，而且也想到昇平盛世，連鄉下聘姑娘的也要用幾疋綢緞。

一年三百六十五天，他幾乎老在舖子裏，從來也沒討厭過他的生活與那些貨物。他沒有野心，不會胡思亂想，他像一條小魚，只要有清水與綠藻便高興的游泳，不管那是一座小湖，還是一口磁缸子。

現在，兩簍棉花早已不見了，只剩下空簍子在後院裏扔着。外櫃的格子，空了一大半。最初，天佑還叫夥計們把貨勻一勻，儘管都擺不滿，可也沒有完全空着的。漸漸的，勻也勻不及了；空着的只好空着。在自己的舖子裏，天佑幾乎不敢抬頭，那些空格子像些四方的，沒有眼珠的眼睛，晝夜的瞪着他，嘲弄他。沒法子，他只好把空格用花紙糊起來。但是，這分明是自欺；難道糊起來便算有貨了麼？

格子多一半糊起來，櫃台裏只坐着一個老夥計——其餘的人都辭退了。老夥計沒事可作，只好打盹兒。這不是生意，而是給作生意的丟人呢！內櫃比較的好看一些，但是看着更傷心。綢緞，和婦女的頭髮一樣，天天要有新的花樣。擱過三個月，就沒有再賣出的希望；半年就成了古董——最不值錢的古董。綢緞比布疋剩的多，也就是多剩了賠錢貨。內櫃也只剩下一個夥計，他更沒事可作。無可如何，他只好勤擦櫥子與櫃子上的玻璃。玻璃越明，舊綢緞越顯出暗淡，白的發了黃，黃的發了白。天佑是不愛多說話的人，看着那些要同歸於盡的，用銀子買來的細貨，他更不肯張嘴了。他的口水都變成了苦的，一口一口的嚥下去。他的體面，忠實，才能，經驗，尊嚴，都忽然的一筆勾消。他變成了一籌莫展，和那些舊貨一樣的廢物。

沒有野心的人往往心路不寬。天佑便是這樣。表面上，他還維持着鎮定，心裏可像有一群野蜂用毒刺蜇着他。

他偷偷的去看鄰近的幾家舖戶。點心舖，因為缺乏麵粉，也清鍋子冷灶。茶葉舖因為交通不便，運不來貨，也沒有甚麼生意好作。豬肉舖裏有時候連一塊肉也沒有。看見這種景況，他稍為鬆一點心：是的，大家都是如此，並不是他自己特別的沒本領，沒辦法。這點安慰可僅是一會兒的。在他坐定細想想之後，他的心就重新縮緊，比以前更厲害，他想，這樣下去，各種營業會一齊停頓，豈不是將要一齊凍死餓死麼？那樣，整個的北平將要沒有布，沒有茶葉，沒有麵粉，沒有豬肉，他與所有的北平人將怎樣活下去呢？想到這裏，他不由的想到了國家。國亡了，大家全得死；千真萬確，全得死！

想到國家，他也就想起來三兒子瑞全。老三走得對，對，對！他告訴自己。不用說老父親，就是他自己也毫無辦法，毫無用處了。哼，連長子瑞宣——那麼有聰明，有人格的瑞宣——也沒多大的辦法與用處！北平完了，在北平的人當然也跟着完蛋。只有老三，只有老三，逃出去北平，也就有了希望。中國是不會亡的，因為瑞全還沒投降。這樣一想，天佑才又挺一挺腰板，從口中吐出一股很長的白氣來。

不過，這也只是一點小小的安慰，並解救不了他目前的困難。不久，他連這點安慰也失去，因為他忙起來，沒有工夫再想念兒子。他接到了清查貨物的通知。他早已聽說要這樣辦，現在它變成了事實。每家舖戶都須把存貨查清，極詳細的填上表格。天佑明白了，這是“奉旨抄家”。等大家把表格都辦好，日本人就清清楚楚的曉得北平還一共有多少物資，值多少錢。北平將不再是有湖山宮殿之美的，有悠久歷史的，有花木魚鳥的，一座名城，而是有了一定價錢的一大塊產業。這個產業的主人是日本人。

舖中的人手少，天佑須自己動手清點貨物，填寫表格。不錯，貨物是不多了，但是一清點起來，便並不十分簡單。他知道日本人都心細如髮，他若粗枝大葉的報告上去，必定會招出麻煩來。他須把每一塊布頭兒都重新用尺量好，一寸一分不差的記下來，而後一分一厘不差的算好它們的價錢。

這樣的連夜查點清楚，計算清楚，他還不敢正式的往表上填寫。他不曉得應當把貨價定高，還是定低。他知道那些存貨的一多半已經沒有賣出去的希望，那麼若是定價高了，貨賣不出去，而日本人按他的定價抽稅，怎樣辦呢？反之，他若把貨價定低，賣出去一定賠錢，那不單他自己吃了虧，而且會招同業的指摘。他皺上了眉頭。他只好到別家布商去討教。他一向有自己的作風與辦法，現在他須去向別人討教。他還是掌櫃的，可是失去了自主權。

同業們也都沒有主意。日本人只發命令，不給誰詳細的解說。命令是命令，以後的辦法如何，日本人不預先告訴任何人。日本人征服了北平，北平的商人理當受盡折磨。

天佑想了個折衷的辦法，把能賣的貨定了高價，把沒希望賣出的打了折扣，他覺得自己相當的聰明。把表格遞上去以後，他一天到晚的猜測，到底第二步辦法是甚麼。他猜不出，又不肯因猜不出而置之不理；他是放不下事的人。他煩悶，着急，而且感覺到這是一種污辱——他的生意，卻須聽別人的指揮。他的已添了幾根白色的鬍子常常的豎立起來。

等來等去，他把按照表格來查貨的人等了來——有便衣的，也有武裝的，有中國人，也有日本人。這聲勢，不像是查貨，而倒像捉捕江洋大盜。日本人喜歡把一粒芝麻弄成地球那麼大。天佑的體質相當的好，輕易不鬧甚麼頭疼腦熱。今天，他的頭疼起來。查貨的人拿着表格，他拿着尺，每一塊布都須重新量過，看是否與表格上填寫的相合。老人幾乎忘了規矩與客氣，很想用木尺敲他們的嘴巴，把他們的牙敲掉幾個。這不是辦事，而是對口供；他一輩子公正，現在被他們看作了詭弊多端的慣賊。

這一關過去了，他們沒有發現任何弊病。但是，他缺少了一段布。那是昨天賣出去的。他們不答應。老人的臉已氣紫，可是還耐着性兒對付他們。他把流水賬拿出來，請他們過目，甚至於把那點錢也拿出來：“這不是？原封沒動，五塊一角錢！”不行，不行！他們不能承認這筆賬！

這一案還沒了結，他們又發現了“弊病”。為甚麼有一些貨物定價特別低呢？他們調出舊賬來：“是呀，你定的價錢，比收貨時候的價錢還低呀！怎回事？”

天佑的鬍子嘴顫動起來。嗓子裏噎了好幾下才說出話來："這是些舊貨，不大能賣出去，所以……"不行，不行！這分明是有意搗亂，作生意還有願意賠錢的麼？

"可以不可以改一改呢？"老人強擠出一點笑來。

"改？那還算官事？"

"那怎麼辦呢？"老人的頭疼得像要裂開。

"你看怎麼辦呢？"

老人像一條野狗，被人們堵在牆角上，亂棍齊下。

大夥計過來，向大家敬煙獻茶，而後偷偷的扯了扯老人的袖子："遞錢！"

老人含着淚，承認了自己的過錯，自動的認罰，遞過五十塊錢去。他們無論如何不肯收錢，直到又添了十塊，才停止了客氣。

他們走後，天佑坐在椅子上，只剩了哆嗦。在軍閥內戰的時代，他經過許多不近情理的事。但是，那時候總是由商會出頭，按戶攤派，他既可以根據商會的通知報賬，又不直接的受軍人的辱罵。今天，他既被他們叫作奸商，而且拿出沒法報賬的錢。他一方面受了污辱與敲詐，還沒臉對任何人說。沒有生意，舖子本就賠錢，怎好再白白的丟六十塊呢？

呆呆的坐了好久，他想回家去看看。心中的委屈不好對別人說，還不可以對自己的父親，妻，兒子，說麼？他離開了舖子。可是，只走了幾步，他又打了轉身。算了吧，自己的委屈最好是存在自己心中，何必去教家裏的人也跟着難過呢。回到舖中，他把沒有

上過幾回身的，皮板並不十分整齊的狐皮袍找了出來。是的，這件袍子還沒穿過多少次，一來因為他是作生意的，不能穿得太闊氣了，二來因為上邊還有老父親，他不便自居年高，隨便穿上狐皮——雖然這是件皮板並不十分整齊值錢的狐皮袍。拿出來，他交給了大夥計：

"你去給我賣了吧！皮子並不怎麼出色，可還沒上過幾次身兒；面子是真正的大緞子。"

"眼看就很冷了，怎麼倒賣皮的呢？"大夥計問。

"我不愛穿它！放着也是放着，何不換幾個錢用？乘着正要冷，也許能多賣幾個錢。"

"賣多少呢？"

"瞧着辦，瞧着辦！五六十塊就行！一買一賣，出入很大；要賣東西就別想買的時候值多少錢，是不是？"天佑始終不告訴大夥計，他為甚麼要賣皮袍。

大夥計跑了半天，四十五塊是他得到的最高價錢。

"就四十五吧，賣！"天佑非常的堅決。

四十五塊而外，又東拼西湊的弄來十五塊，他把六十元還給櫃上。他可以不穿皮袍，而不能教櫃上白賠六十塊。他應當，他想，受這個懲罰；誰教自己沒有時運，生在這個倒楣的時代呢。時運雖然不好，他可是必須保持住自己的人格，他不能毫不負責的給舖子亂賠錢。

又過了幾天，他得到了日本人給他定的物價表。老人細心的，一款一款的慢慢的看。看完了，他一聲沒出，戴上帽頭，走了出去，他出了平則門。城裏彷佛已經沒法呼吸，他必須找個空曠的地方去呼吸，去思索。日本人所定的物價都不到成本的三分之二，而且絕對不許更改；有擅自更改的，以抬高物價，擾亂治安論，槍斃！

護城河裏新放的水，預備着西北風到了，凍成堅冰，好打冰儲藏起來。水流得相當的快，可是在靠岸的地方已有一些冰淩。岸上與別處的樹木已脫盡了葉子，所以一眼便能看出老遠去。淡淡的西山，已不像夏天雨後那麼深藍，也不像春秋佳日那麼爽朗，而是有點發白，好像怕冷似的。陽光很好，可是沒有多少熱力，連樹影人影都那麼淡淡的，枯小的，像是被月光照射出來的。老人看一眼遠山，看一眼河水，深深的歎了口氣。

買賣怎麼作下去呢？貨物來不了。報歇業，不准。稅高。好，現在，又定了官價——不賣吧，人家來買呀；賣吧，賣多少賠多少。這是甚麼生意呢？

日本人是甚麼意思呢？是的，東西都有了一定的價錢，老百姓便可以不受剝削；可是作買賣的難道不是老百姓麼？作買賣的要都賠得一塌糊塗，誰還添貨呢？大家都不添貨，北平不就成了空城了麼？甚麼意思呢？老人想不清楚。

呆呆的立在河岸上，天佑忘了他是在甚麼地方了。他思索，思索，腦子裏像有個亂轉的陀螺。越想，心中越亂，他恨不能一頭扎在水裏去，結束了自己的與一切的苦惱。

一陣微風，把他吹醒。眼前的流水，枯柳，衰

草，好像忽然更真切了一些。他無意的摸了摸自己的腮，腮很涼，可是手心上卻出着汗，腦中的陀螺停止了亂轉。他想出來了！很簡單，很簡單，其中並沒有甚麼深意，沒有！那只是教老百姓看看，日本人在這裏，物價不會抬高。日本人有辦法，有德政。至於商人們怎麼活着，誰管呢！商人是中國人，餓死活該！商人們不再添貨，也活該！百姓們買不到布，買不到棉花，買不到一切，活該！反正物價沒有漲！日本人的德政便是殺人不見血。

想清楚了這一點，他又看了一眼河水，急快的打了轉身。他須去向股東們說明他剛才所想到的，不能糊糊塗塗的就也用"活該"把生意垮完，他須交代明白了。他的厚墩墩的腳踵打得地皮出了響聲，像奔命似的他進了城。他是心中放不住事的人，他必須馬上把事情搞清楚了，不能這麼半死不活的閉着眼混下去。

所有的股東都見到了，誰也沒有主意。誰都願意馬上停止營業，可是誰也知道日本人不准報歇業。大家都只知道買賣已毫無希望，而沒有一點挽救的辦法。他們只能對天佑說："再說吧！你多為點難吧！誰教咱們趕上這個……"大家對他依舊的很信任，很恭敬，可是任何辦法也沒有。他們只能教他去看守那個空的蛤殼，他也只好點了頭。

無可如何的回到舖中，他只呆呆的坐着。又來了命令：每種布疋每次只許賣一丈，多賣一寸也得受罰。這不是命令，而是開玩笑。一丈布不夠作一身男褲褂，也不夠作一件男大衫的。日本人的身量矮，十尺布或者將就夠作一件衣服的；中國人可並不都是矮子。天佑反倒笑了，矮子出的主意，高個子必須服從，沒有別的話好講。“這倒省事了！”他很難過，而假裝作不在乎的說：“價錢有一定，長短有一定，咱們滿可以把算盤收起去了！”説完，他的老淚可是直在眼圈裏轉。這算哪道生意呢！經驗，才力，規矩，計劃，都絲毫沒了用處。這不是生意，而是給日本人做裝飾——沒有生意的生意，卻還天天挑出幌子去，天天開着門！

他一向是最安穩的人，現在他可是不願再老這麼呆呆的坐着。他已沒了用處，若還像回事兒似的坐在那裏，充掌櫃的，他便是無聊，不知好歹。他想躲開舖子，永遠不再回來。

第二天，他一清早就出去了。沒有目的，他信馬由韁的慢慢的走。經過一個小攤子，也立住看一會兒，不管值得看還是不值得看，他也要看，為是消磨幾分鐘的工夫。看見個熟人，他趕上去和人家談幾句話。他想説話，他悶得慌。這樣走了一兩個鐘頭，他打了轉身。不行，這不像話。他不習慣這樣的吊兒啷噹。他必須回去。不管舖子變成甚麼樣子，有生意沒有，他到底是個守規矩的生意人，不能這樣半瘋子似的亂走。在舖子裏呆坐着難過，這樣的亂走也不受用；況且，無論怎樣，到底是在舖子裏較比的更像個生意人。

回到舖中，他看見櫃台上堆着些膠皮鞋，和一些殘舊的日本造的玩具。

“這是誰的？”天佑問。

“剛剛送來的。”大夥計慘笑了一下。“買一丈綢緞的，也要買一雙膠皮鞋；買一丈布的也要買一個小玩藝兒；這是命令！”

看着那一堆單薄的，沒後程的日本東西，天佑楞了半天才說出話來：“膠皮鞋還可以說有點用處，這些玩藝兒算幹甚麼的呢？況且還是這麼殘破，這不是硬敲買主兒的錢嗎？”

大夥計看了外邊一眼，才低聲的說：“日本的工廠大概只顧造槍炮，連玩藝兒都不造新的了，準的！”

“也許！”天佑不願意多討論日本的工業問題，而只覺得這些舊玩具給他帶來更大的污辱，與更多的嘲弄。他幾乎要發脾氣：“把它們放在後櫃去，快！多年的老字號了，帶賣玩藝兒，還是破的！趕明兒還得帶賣仁丹呢！哼！”

看着夥計把東西收到後櫃去，他泡了一壺茶，一杯一杯又一杯的慢慢喝。這不像是吃茶，而倒像拿茶解氣呢。看着杯裏的茶，他想起昨天看見的河水。他覺得河水可愛，不單可愛，而且彷彿能解決一切問題。他是心路不甚寬的人，不能把無可奈何的事就看作無可奈何，而付之一笑。他把無可奈何的事看成了對自己的考驗，若是他承認了無可奈何，便是承認了自己的無能，沒用。他應付不了這個局面，他應當趕快結束了自己——隨着河水順流而下，漂，漂，漂，漂到大河大海裏去，倒也不錯。心路窄的人往往把死看

作康莊大道，天佑便是這樣。想到河，海，他反倒痛快一點，他看見了空曠，自由，無憂無慮，比這麼揪心扒肝的活着要好的多。

剛剛過午，一部大卡車停在了舖子外邊。

“他們又來了！”大夥計説。

“誰？”天佑問。

“送貨的！”

“這回恐怕是仁丹了！”天佑想笑一笑，可是笑不出來。

車上跳下來一個日本人，三個中國人，如狼似虎的，他們闖進舖子來。雖然只是四個人，可是他們的聲勢倒好像是個機關槍連。

“貨呢，剛才送來的貨呢？”一個中國人非常着急的問。

大夥計急忙到後櫃去拿。拿來，那個中國人劈手奪過去，像公雞掘土似的，極快而有力的數：“一雙，兩雙……”數完了，他臉上的肌肉放鬆了一些，含笑對那個日本人説：“多了十雙！我説毛病在這裏，一定是在這裏！”

日本人打量了天佑掌櫃一番，高傲而冷酷的問：“你的掌櫃？”

天佑點了點頭。

“哈！你的收貨？”

大夥計要説話，因為貨是他收下的。天佑可是往前湊了一步，又向日本人點了點頭。他是掌櫃，他須負責，儘管是夥計辦錯了事。

“你的大大的壞蛋！”

天佑嚥了一大口唾沫，把怒氣，像吃丸藥似的，沖了下去。依舊很規矩的，和緩的，他問：

“多收了十雙，是不是？照數退回好了！”

“退回？你的大大的奸商！”冷不防，日本人一個嘴巴打上去。

天佑的眼中冒了金星。這一個嘴巴，把他打得甚麼全不知道了。忽然的他變成了一塊不會思索，沒有感覺，不會動作的肉，木在了那裏。他一生沒有打過架，撒過野。他萬想不到有朝一日他也會捱打。他的誠實，守規矩，愛體面，他以為，就是他的鋼盔鐵甲，永遠不會教污辱與手掌來到他的身上。現在，他捱了打，他甚麼也不是了，而只是那麼立着的一塊肉。

大夥計的臉白了，極勉強的笑着說：“諸位老爺給我二十雙，我收二十雙，怎麼，怎麼……”他把下面的話嚥了回去。

“我們給你二十雙？”一個中國人問。他的威風僅次於那個日本人的。“誰不知道，每一家發十雙！你乘着忙亂之中，多拿了十雙，還怨我們，你真有膽子！”

事實上，的確是他們多給了十雙。大夥計一點不曉得他多收了貨。為這十雙鞋，他們又跑了半座城。他們必須查出這十雙鞋來，否則沒法交差。查到了，他們不能承認自己的疏忽，而必把過錯派在別人身上。

轉了轉眼珠，大夥計想好了主意：“我們多收了貨，受罰好啦！”

這回，他們可是不受賄賂。他們必須把掌櫃帶走。日本人為強迫實行“平價”，和強迫接收他們派給的貨物，要示一示威。他們把天佑掌櫃拖出去。從車裏，他們找出預備好了的一件白布坎肩，前後都寫着極大的紅字——奸商。他們把坎肩扔給天佑，教他自己穿上。這時候，舖子外邊已圍滿了人。渾身都顫抖着，天佑把坎肩穿上。他好像已經半死，看看面前的人，他似乎認識幾個，又似乎不認識。他似乎已忘了羞恥，氣憤，而只那麼顫抖着任人擺佈。

日本人上了車。三個中國人隨着天佑慢慢的走，車在後面跟着。上了馬路，三個人教給他：“你自己說：我是奸商！我是奸商！我多收了貨物！我不按定

價賣東西！我是奸商！説！”

天佑一聲沒哼。

三把手槍頂住他的背。“説！”

“我是奸商！”天佑低聲的説。平日，他的語聲就不高，他不會粗着脖子紅着筋的喊叫。

“大點聲！”

“我是奸商！”天佑提高了點聲音。

“再大一點！”

“我是奸商！”天佑喊起來。

行人都立住了，沒有甚麼要事的便跟在後面與兩旁。北平人是愛看熱鬧的。只要眼睛有東西可看，他們便看，跟着看，一點不覺得厭煩。他們只要看見了熱鬧，便忘了恥辱，是非，更提不到憤怒了。

天佑的眼被淚迷住。路是熟的，但是他好像完全不認識了。他只覺得路很寬，人很多，可是都像初次看見的。他也不知道自己是在作甚麼。他機械的一句一句的喊，只是喊，而不知道喊的甚麼。慢慢的，他頭上的汗與眼中的淚聯結在一處，他看不清了路，人，與一切東西。他的頭低下去，而仍不住的喊。他用不着思索，那幾句話像自己能由口中跳出來。猛一抬頭，他又看見了馬路，車輛，行人，他也

更不認識了它們，好像大夢初醒，忽然看見日光與東西似的。他看見了一個完全新的世界，有各種顏色，各種聲音，而一切都與他沒有關係。一切都那麼熱鬧而冷淡，美麗而慘酷，都靜靜的看着他。他離着他們很近，而又像很遠。他又低下頭去。

走了兩條街，他的嗓子已喊啞。他感到疲乏，眩暈，可是他的腿還拖着他走。他不知道已走在哪裏，和往哪裏走。低着頭，他還喊叫那幾句話。可是，嗓音已啞，倒彷彿是和自己叨嘮呢。一抬頭，他看見一座牌樓，有四根極紅的柱子。那四根紅柱子忽然變成極粗極大，晃晃悠悠的向他走來。四條扯天柱地的紅腿向他走來，眼前都是紅的，天地是紅的，他的腦子也是紅的。他閉上了眼。

過了多久，他不知道。睜開眼，他才曉得自己是躺在了東單牌樓的附近。卡車不見了，三個槍手也不見了，四圍只圍着一圈小孩子。他坐起來，楞着。楞了半天，他低頭看見了自己的胸。坎肩已不見了，胸前全是白沫子與血，還濕着呢。他慢慢的立起來，又跌倒，他的腿已像兩根木頭。掙扎着，他再往起立；立定，他看見了牌樓的上邊只有一抹陽光。他的身上沒有一個地方不疼，他的喉中乾得要裂開。

一步一停的，他往西走。他的心中完全是空的。他的老父親，久病的妻，三個兒子，兒媳婦，孫男孫女，和他的舖子，似乎都已不存在。他只看見了護城河，與那可愛的水；水好像就在馬路上流動呢，向他招手呢。他點了點頭。他的世界已經滅亡，他須到另一個世界裏去。在另一世界裏，他的恥辱才可以洗淨。活着，他只是恥辱的本身；他剛剛穿過的那件白布紅字的坎肩永遠掛在他身上，黏在身上，印在身上，他將永遠是祁家與舖子的一個很大很大的一個黑點子，那黑點子會永遠使陽光變黑，使鮮花變臭，使公正變成狡詐，使溫和變成暴厲。

他僱了一輛車到平則門。扶着城牆，他蹭出去。太陽落了下去。河邊上的樹木靜候着他呢。天上有一點點微紅的霞，像向他發笑呢。河水流得很快，好像已等他等得不耐煩了。水發着一點點聲音，彷彿向他低聲的呼喚呢。

很快的，他想起一輩子的事情；很快的，他忘了一切。漂，漂，漂，他將漂到大海裏去，自由，清涼，乾淨，快樂，而且洗淨了他胸前的紅字。

10. 抗爭：“共和麵”

李四爺和鄰居們都以為糧證是一發下來，便可以永遠適用的。李老人特別希望如此，因為他已經捱了不少冤枉罵，所以切盼把一勞永逸的糧證發給大家，結束了這一樁事，不再多受攻擊。

誰知道，糧證是只作一次用的，過期無效。大家立刻想到：天天，或每三兩天，他們須等着發給糧證；得到糧證，須馬上設法弄到錢，好趕快去取糧——過期無效！假若北平人也有甚麼理想的話，那便是自自由由的，客客氣氣的，舒舒服服的，過日子。這假使作不到，求其次者，便是雖然有人剝奪了他們的自由，而仍然客客氣氣的不多給他們添麻煩——比如糧證可以用一年或二年，憑證能隨時取到糧食。哼！日本人卻教他們三天兩頭的等候糧證，而後趕緊弄錢，馬上須去領糧！麻煩，麻煩，無窮無盡的麻煩！他們像吃下去一個蒼蠅，馬上想嘔吐！

最使他們心寒膽顫的是：假若發了一次糧證以後，而不再發，可怎麼好呢？就是再發而相隔十天半月，中間空起一塊來，又怎麼辦呢？難道肚子可以休息幾天，而不餓麼？這樣一揣測，他們看見了死亡

原著第三部“饑荒”第七十五節

線，像足球場上剛畫好的白道兒那麼清楚，而且就在他們眼前！他們慌了神，看到了死；於是，也就更加勁的咒罵李四爺。他們不敢公開的罵日本人，連白巡長也不敢罵，因為他到底是個官兒。他們也不便罵孫七，他不過是副里長。李四爺既非官兒，又恰好是正里長，便成了天造地設的"罵檔子"！

李老人時時的發楞：發氣，沒有用；忍受，不甘心。他也看到死亡，而且死了還負着一身的辱罵！拿出他的心來，他覺得，他可以對得起天地日月與一切神靈；可是，他須捱罵！

或者只有北平，才會有這樣的夏天的早晨：清涼的空氣裏斜射着亮而喜悅的陽光，到處黑白分的光是光，影是影。空氣涼，陽光熱，接觸到一處，涼的剛剛要暖，熱的剛攙上一點涼；在涼暖未調勻淨之中，花兒吐出蕊，葉兒上閃着露光。

就連小羊圈這塊不很體面的小地方，也有它美好的畫面：兩株老槐的下半還遮在影子裏，葉子是暗綠的；樹的梢頭已見到陽光，那些淺黃的花朵變為金黃的。嫩綠的槐蟲，在細白的一根絲上懸着，絲的上半截發着白亮的光。曉風吹動，絲也左右顫動，像是晨光曲的一

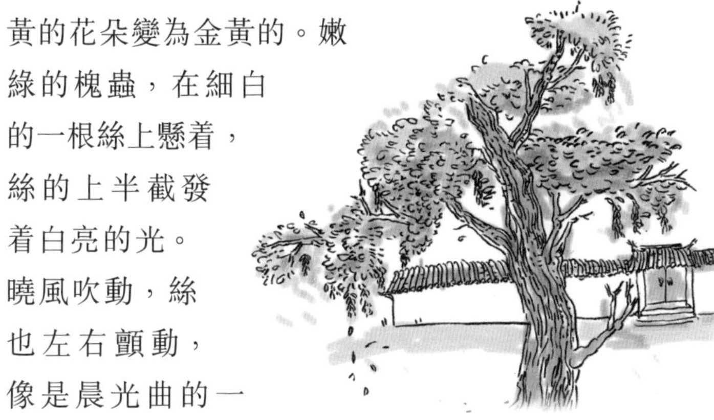

根琴弦。陽光先照到李四爺的門上。那矮矮的門樓已不甚整齊，磚瓦的縫隙中長出細長的幾根青草；一有了陽光，這破門樓上也有了光明，那發亮的青草居然也有點生意。

幾隻燕子在樹梢上翻來覆去的飛，像黑的電光那麼一閃一閃的。蜻蜓們也飛得相當的高：忽然一隻血紅的，看一眼樹頭的槐花便鑽入藍的天空；忽然一隻背負一塊翡翠的，只在李四爺的門樓上的青草一逗便掉頭而去。

放在太平年月，這樣的天光，必使北平的老人們，在梳洗之後，提着裝有“靛頜”或“自自黑”的鳥籠，到城外去，沿着柳岸或葦塘，找個野茶館喝茶解悶。它會使愛鴿子的人們，放起幾十隻花鴿，在藍天上旋舞。它也會使釣者很早的便出了城，找個僻靜地方消遣一天。就是不出城遠行的，也會租一隻小船，在北海去搖槳，或到中山公園的老柏下散步。

今天，北平人可已顧不得揚頭看一看天，那飛舞着的小燕與蜻蜓的天；飢餓的黑影遮住了人們的眼。天上已沒有了白鴿，老人們已失去他們的心愛的鳥；人們還沒有糧，誰還養得起鳥與鴿子。是的，有水的地方，還有垂釣與蕩槳的；可是，他們是日本人；空着肚子的中國人已沒有了消遣的閒心。北平像半癱在晴美的夏晨中。

韻梅，就是在這樣的一個早晨，決定自己去領糧。她知道從此以後，她須把過去的生活——雖然也沒有怎麼特別舒服自在過——只當作甜美的記憶；好的日子過去了，眼前的是苦難與饑荒。她須咬起牙來，不慌不忙的，不大驚小怪的，盡到她的責任。她的腮上特意擺出一點笑來，好教大家看見："我還笑呢，你們也別着急！"

看着她，瑞宣心中不很舒坦。對她，這麼些年了，他一向沒有表示過毫無距離的親熱。現在，看到她的堅定，盡責，與勇敢，他真想用幾句甜蜜的話安慰她，感激她，鼓勵她。可是，他說不出來。最後，他只向她笑了笑，便走去上班。

韻梅給大家打點了早飯，又等大家吃完，刷洗了傢伙，才擦擦臉，換上件乾淨的藍布衫，把糧證用小手絹裹好，繫在手腕上，又拿上口袋，忙而不慌的走出去。走到了影壁前，她又折回來囑咐孩子們："小順兒，妞妞，都不准胡鬧喲！聽見沒有？"

妞妞先答了話："媽取吃吃，妞妞乖！不鬧！"

小順兒告訴媽媽："取點白麵，不要雜合麵！"

"哼，"韻梅一邊往外走，一邊說："不是人家給我甚麼是甚麼嗎？"

天還早，也不過八點來鐘，韻梅以為一定不會遲到。而且，取糧的地方正是祁家向來買糧的老義順；那麼，她想，即使稍遲一點，也總有點通融，大家是熟人啊。

快走到老義順，她的心涼了。黑糊糊的一大排人，已站了有半里多地長。明知無用，她還趕走了幾步，站在了最後邊。老義順的大門關得嚴嚴的。她不明白這是怎回事。她後悔自己來遲。假若她須等到晌午，孩子和老人們的午飯怎麼辦呢？她着了急，大眼睛東掃西瞧的，想找個熟人打聽一下，這到底是怎回事，和甚麼時候才發糧。可是，附近沒有一個熟人。她明白了，小羊圈的人，對領糧這類的事是向來不肯落後的；說不定，他們在一兩個鐘頭以前已經來到，立在了最前邊，好能早些拿到糧。她後悔自己為甚麼忘了早來一些。她的前面，一位老太婆居然帶來了小板凳，另一位中年婦人拿着小傘。是的，她們都有準備。她自己可是甚麼也沒有；她須把腿站酸，把頭曬疼，一直的等幾個鐘頭。她似乎還沒學會怎麼作亡國奴！

在她初到的時候，大家都老老實實的立着，即使彼此交談，也都是輕輕的嘀咕，不敢高聲。人群外，有十來個巡警維持秩序，其中有兩三個是拿着皮鞭的。看一看皮鞭，連彼此低聲嘀咕的都趕緊閉上嘴；他們愛慣了"和平"，不肯往身上招攬皮鞭；他們知道，有日本人給巡警們撐腰，皮鞭是特別無情的。

及至立久了，太陽越來越強，陰影越來越小，大家開始感到煩躁，前前後後都出了聲音。巡警們的腳與眼也開始加緊活動。起初，巡警們的眼神所至，便使一些人安靜一會兒，等巡警走開再開始嘈嘈。這樣，聲音一會兒在這邊大起來，卻在那邊低下去，始終沒打成一片，成為一致的反抗。漸漸的，巡警的眼神失去了作用，人群從頭至尾成了一列走動着的火車，到處都亂響。

韻梅有點發慌，唯恐出一點甚麼亂子；她沒有出頭露面在街上亂擠亂鬧的習慣。她想回家。但是，一想到自己的責任，她又改了念頭。不，她不能逃走，她必須弄回糧食去！她警告自己：必須留神，可是不要害怕！

很熱的陽光已射在她的頭上。最初，她只感到頭髮發熱；過了一會兒，她的頭皮癢癢起來，癢得怪難過。她的夾肢窩和頭上都出了汗。抬頭看看，天空已不是藍汪汪的了，而是到處顫動着一些白氣。風已停止，馬路旁的樹木的葉子上帶着一層灰土，一動也不動。便道上，一過來車馬便帶起好多灰塵，灰白的，有牲口的糞與尿味的，嗆得她的鼻子眼裏發癢。無聊的，她把小手絹從腕上解下來，擦擦頭上的汗，而後把它緊緊的握在手中。

她看見了白巡長，心中立刻安定了些。白巡長的能幹與和善使她相信：有他在這裏，一定不會出亂子。她點了點頭，他走了過來："祁太太，為甚麼不來個男人呢？"

她沒回答他的問題。而笑着問他："為甚麼還不發糧啊？白巡長！"

"昨天夜裏才發下糧來，鋪子裏趕夜工磨麵！再待一會兒，就可以發給大家了。"白巡長雖然是對她說話，可是旁人自然也會聽到；於是她與大家都感到了安定。

可是，半點鐘又過去了，還是沒有發糧的消息。白巡長的有鎮定力的話已失去了作用。大家的心中一致的想到："日本人缺德！故意拿窮人開玩笑！"太陽更熱了，曬得每個人的頭上都出黏糊糊的，帶着點油的汗。越出汗，口中便越渴，心中也越焦躁。天色由白而灰，空中像飛蕩着一片灰沙。太陽，在這層灰氣上邊，極小極白極亮，使人不敢抬眼；低着頭，那極熱的光像多少燙紅了的針尖，刺着大家的頭，肩，背，和一切沒有遮掩的地方。肚子空虛的開始發暈；口渴的人要狂喊；就是最守規矩的韻梅也感到焦急，要跺一跺腳！這不是領糧，而是來受毒刑！

可是，誰也不敢公然的喊出來："打倒日本！"口渴的，拚命的嚥唾沫；發暈的，扶住旁邊的人；腿酸了的，輕輕的踏步。為擋住一點陽光，有的把手絹纏在頭上，有的把口袋披在肩上，有的把褂子脱下，雙手舉着，給自己支起一座小小的棚兒。他們都設法減少一點身體上的痛苦，以便使心中安定；心中安定便不會有喊出"打倒日本"的危險！

前面忽然起了波動，隊伍馬上變成了扇面形。欠着腳，韻梅往前看：糧店的大門還關着呢。她猜不透這是怎回事，可是不由得增多了希望，以為一定是有了發糧的消息。她忘了腳酸，忘了毒熱的陽光，只盼馬上得到糧食，拿回家去。

前面有幾個男的開始喊叫。韻梅離開行列，用力欠腳，才看明白：糧店的大門旁，新挖了一個不大的洞兒，擋着一塊木板，這塊木板已開了半邊。多少多少隻手都向那小洞伸着，晃動。她不想往前擁擠，可是前面那些亂動的手像有些引誘力，使她不由的往前挪了幾步，靠近了人群，彷彿只有這樣，她才能得到

售糧

糧食，而並不是袖手旁觀的在看熱鬧。

皮鞭響了。嗖——拍！嗖——拍！太陽光忽然涼了，熱空氣裏生了涼風，人的皮膚上起了冷疙疸，人的心在顫抖。韻梅的腿似乎不能動，雖然她想極快的跑開。前面的人都在亂衝，亂躲，亂喊；她像裹在了一陣狂風裏，一切都在動盪，而她邁不開腳。"無論如何，我必須拿到糧食！"她忽然聽見自己這樣說。於是，她的腿上來了新的力氣，勇敢的立在那裏，好像生了根。

忽然的，她看不見了一切。皮鞭的梢頭撩着了她的眼旁。她捂上了眼，忘了一切，只覺得世界已變成黑的。她本能的要蹲下，而沒能蹲下；她想走開，而不能動。她還沒覺得疼痛，因為她的全身，和她的心，都已麻木；驚恐使神經暫時的死去。

"祁太太！"過了一會兒，她恍惚的聽見了這個聲音："快回家！"

她把未受傷的眼睜開了一點，只看見了一部分制服，她可是已經意識到那必是白巡長。還捂着眼，她搖了搖頭。不，她不能空手回家，她必須拿到糧食！

"把口袋，錢，糧票，都給我，我替你取，你快回家！"白巡長幾乎像搶奪似的，把口袋等物都拿過去。"你能走嗎？"

韻梅已覺出臉上的疼痛，可是咬上牙，點了點頭。還捂着眼，她迷迷糊糊的往家中走。走到家門口，她的腿反倒軟起來，一下子坐在了階石上。把手拿下來，她看見了自己的血。這時候，熱汗殺得她的

傷口生疼，像撒上了一些細鹽。一咬牙，她立起來，走進院中。

小順兒與妞子正在南牆根玩耍，見媽媽進來，他們飛跑過來：“媽媽！”可是，緊跟着，他們的嗓音變了：“媽——”而後又喊：“太爺爺！奶奶！快來！”

一家大小把她包圍住。她捂着眼，忍着疼，說：“不要緊！不要緊！”

天佑太太教韻梅趕快去洗一洗傷口，她自己到屋中去找創藥。兩個孩子不肯離開媽媽，跟出來跟進去的隨着她。小妞子不住的吸氣，把小嘴努出好高的說：“媽流血，媽疼喲！”

洗了洗，韻梅發現只在眼角外打破了一塊，幸而沒有傷了眼睛。她放了心。上了一點藥以後，她簡單的告訴大家：“有人亂擠亂鬧，巡警們掄開了皮鞭，我受了點誤傷！”這樣輕描淡寫的說，為是減少老人們的擔心。她知道她還須再去領糧，所以不便使大家每次都關切她。

她的傷口疼起來，可是還要去給大家作午飯。天佑太太攔住她，而自己下了廚房。祁老人力逼着孫媳去躺下休息，而後長歎了一口氣。

韻梅瞇了個小盹兒，趕緊爬了起來。對着鏡子，她看到臉上已有點發腫。楞了一會兒，她反倒覺得痛快了：“以後我就曉得怎麼留神，怎麼見機而作了！一次生，兩次熟！”她告訴自己。

白巡長給送來糧食——小小的一口袋，看樣子也就有四五斤。

祁老人把口袋接過來，很想跟白巡長談一談。白巡長雖然很忙，可是也不肯放下口袋就走。他對韻梅的受傷很感到不安，必須向她解釋一番。韻梅從屋裏出來，他趕緊說了話：

“我，祁太太，我沒教他們用鞭子抽人，可是我也攔不住他們！他們不是我手下的人，是區署裏另派來的。他們拿着皮鞭，也就願意試試掄它一掄！你不要緊了吧？祁太太！告訴你，我甭提多難過啦！甚麼話呢，大家都是老街舊鄰，為領糧，還要捱打，真！可是我沒有辦法，他們不屬我管，不聽我的話。哼，我真不敢想，全北平今天得有多少捱皮鞭的！我是走狗，我攔不住拿皮鞭的走狗們亂打人，還有甚麼可說的呢？得啦，祁太太，好好的休息休息吧！日久天長，有咱們的罪受，瞧着吧！”白巡長把話一氣說完，沒有給別人留個說話的機會，便走出去。

祁老人送到門口，白巡長已走出老遠去，他很想質問白巡長幾句，可是白巡長沒給他個開口的機會。他覺得白巡長可愛，也可恨；誠實，也狡猾。

小順兒像一條受了驚的小毛驢似的跑來：“太爺爺，快來看看吧！快呀！”說完，他拉住老人的手，往院裏扯。

“慢點喲！慢着！別把我扯倒了喲！”老人一邊走一邊說。

天佑太太與兒媳被好奇心所使，已把那點糧食倒在了一個大綠瓦盆中。她們看不懂那是甚麼東西，所以去請老太爺來鑒定。

老人立着，看了會兒，搖了搖頭。哈着腰，用手摸了摸，搖了搖頭。他蹲下去，連摸帶看，又搖了搖頭。活了七十多歲，他沒看見過這樣的糧食。

盆中是各種顏色合成的一種又像茶葉末子，又像受了潮濕的藥麵子的東西，不是米糠，因為它比糠粗糙的多；也不是麩子，因為它比麩子稍細一點。它一定不是麵粉，因為它不棉棉軟軟的合在一處，而是你幹你的，我幹我的，一些誰也不肯合作的散沙。老人抓起一把，放在手心上細看，有的東西像玉米棒子，一塊一塊的，雖然經過了磨碾，而拒絕成為粉末。有的雖然也是碎塊塊，可是顏色深綠，老人想了半天，才猜到一定是肥田用的豆餅渣滓。有的挺黑挺亮，老人斷定那是高粱殼兒。有的……老人不願再細看。夠了，有豆餅渣滓這一項就夠了；人已變成了豬！他聞了聞，這黑綠的東西不單連穀糠的香味也沒有，而且又酸又霉，又澀又臭，像由老鼠洞挖出來的！老人的手顫起來。把手心上的"麵"放在盆中，他立起來，走進自己的屋裏，一言未發。

小順兒走過來，問："太爺，到底是甚麼呀？"

老人把頭搖得很慢，沒有回話，好像是不僅表示自己的知識不夠，也否定了自己的智慧與價值——人和豬一樣了。

韻梅決定試一試這古怪的麵粉，看看它到底能作出甚麼來——餃子？麵條？還是饅頭？

把麵粉加上水，她楞住了。這古怪的東西，遇見了水，有的部分馬上稠嘟嘟的黏在手上和盆上，好像有膠似的；另一部分，無論是加冷水或熱水，始終拒絕黏合在一處；加水少了，這些東西不動聲色；水多了，它們便漂浮起來，像一些游動的小扁蟲子。費了許多工夫與方法，最後把它們團成了一大塊，放在案板上。

無論如何，她也沒法子把它擀成薄片——餃子與麵條已絕對作不成。改主意，她開始用手團弄，想作些饅頭。可是，無論輕輕的拍，還是用力的揉，那古怪的東西決定不願意團結到一處。這不是麵粉，而是馬糞，一碰就碎，碎了就再也團不起來。

生在北平，韻梅會作麵食；不要說白麵，就是蕎麵，油麥麵，和豆麵，她都有方法把它們作成吃食。現在，她沒有了辦法。無可奈何的，她去請教婆母。

天佑太太，憑她的年紀與經驗，以為必定不會教這點麵粉給難倒。可是，她看，摸，團，揉，擀，按，都沒用！“活了一輩子，倒還沒見過這樣不聽話的東西！”老太太低聲的，失望的，說。

“簡直跟日本人一樣，怎麼不得人心怎麼幹！”韻梅啼笑皆非的下了一點註解。

婆媳像兩位科學家似的，又試驗了好大半天，才決定了一個最原始的辦法：把麵好歹的弄成一塊塊的，攤在“支爐”上，乾烙！這樣既非餅，又非糕，可到底能弄熟了這怪東西。

“好吧，您歇着去，我來弄！”韻梅告訴婆母，而後獨自像作土坯似的一塊塊的攤烙。同時，她用小蔥拌了點黃瓜，作為小菜。

祁老人，天佑太太，和兩個孩子，圍着一張小桌，等着嚐一嚐那古怪的吃食。小順兒很興奮的喊：“媽！快拿來呀！快着呀！”

韻梅把幾塊“土坯”和“菜”拿了來，小順兒劈手就掰了一塊放在口中，還沒嚐出滋味來，一半已落入他的食道，像一些乾鬆的泥巴。噎了幾下，那些泥巴既不上來，也不下去，把他的小臉憋紫，眼中出了淚。

“快去喝口水！”祖母告訴他。

他飛跑到廚房，喝了口水，那些泥巴才刺着他的食道走下去；他可是還不住的打嗝兒。

祁老人掰了一小塊放在口中，細細的嚼弄，臭的！他不怕糧粗，可是受不了臭味。他決定把它嚥下去。他是全家的老太爺，必須給大家作個好榜樣。他費了很大的力量，才把一口臭東西嚥下去；而後直着脖子向廚房喊：“小順的媽，作點湯吧！”他知道，沒有點湯水往下送，他沒法再多吃一口那個怪“土坯”。

“湯就來！”韻梅在廚房裏高聲的回答，還問了聲：“到底怎樣啊？”

老人沒回答她。

小妞子掰了很小的一塊，放在她的小葫蘆嘴裏。扁了幾扁，她很不客氣的吐了出來，而後用小眼睛撩着太爺爺，搭訕着說：“妞妞不餓！”

小順兒隨着媽媽，拿了湯來——果然是白水沖蝦米皮。他坐下，又掰了一塊，笑着說：“看這回你還噎我不！”

韻梅見妞妞不動嘴，問了聲：“妞子！你怎麼不……來，媽給你一塊黃瓜！”

“妞妞不餓！”小妞子低着頭說。

“不能不吃呀！以後咱們天天得吃這個！”韻梅笑着說，笑得很勉強。

“妞妞不餓！”妞子的頭更低了，兩隻小手緊緊的抓住自己的磕膝。

“小順兒的媽！”祁老人看看妞子，看看韻梅，和善的說：“去給她烙一張白麵的小餅吧！咱們不是還有幾斤白麵嗎？”

“你老人家不能這麼慣着她！那點白麵就是寶貝，還得留着給你老人家吃呢！”韻梅不想違抗老人，也真可憐小女兒，可是她不能不說出這幾句話。

“去，給她烙張小餅去！”老人知道不應當溺愛孩子們，可也知道這怪餅實在難以下嚥。“就是這一回，下不為例！”

“妞妞，你吃一口試試！你看哥哥怎麼吃得怪香呢？”韻梅還勸誘着小女兒。

“妞妞不餓！”妞子的淚流了下來。

祁老人看着小妞子，忽然發了怒，一掌拍在了桌子上，把筷子與碟碗都震得跳起來。“我說的，給孩子烙個小餅去！”他幾乎是喊叫着。

妞子一頭扎在祖母的懷裏，哭起來。天佑太太口中含着一小塊餅，她始終沒能嚥下去！乘這個機會，把它吐出來，而後低聲的安慰妞子：“太爺沒有跟你生氣，妞妞！不哭！不哭！”用手撫摸着妞子的頭，她自己的眼眶也濕了。“小順的媽，給她烙個餅去！”

韻梅輕輕的走開。她知道老太爺是向來不肯輕易發脾氣的人，也知道他今天的發怒絕不是要和她為難，而是事情逼得他控制不住了自己。雖然如此，她可是也覺得委屈，摸了摸眼旁的傷口，她落了淚。迷迷糊糊的，她從缸中舀出一點白麵來，倒在盆子裏，淚落在白麵上。

祁老人真沒想發脾氣，可是實在控制不住了自己。拍了桌子之後，他有點後悔，而又不便馬上向孫媳道歉。楞磕磕的，他瞪着那黑不溜球的怪餅，兩手一勁兒哆嗦。

毒花花的太陽把樹葉都曬得低了頭。院中沒有聲音，屋中沒有聲音，祁家像死亡一樣的靜寂。

11. 抗爭：祁老人“慶壽”

一晃兒又到了中秋節。月餅很少很貴。水果很多，而且相當的便宜。兔兒爺幾乎絕了跡。不管它們多吧少吧，貴吧賤吧，它們在吃共和麵的人們心中，已不佔重要的地位。他們更注意那涼颼颼的西風。他們知道，肚子空虛，再加上寒冷，他們就由飢寒交迫而走上死亡。

只有漢奸們興高采烈的去買東西，送禮：小官們送禮給大官，大官們送給日本人。這是巴結上司的好機會。同時，在他們為上司揀選肥大的螃蟹，馬牙葡萄，與玫瑰露酒的時候，他們也感到一些驕傲——別人已快餓死，而他們還能照常過節。

瑞宣看見漢奸們的忙於過節送禮，只好慘笑。他空有一些愛國心，而沒法阻止漢奸們的納貢稱臣。他只能消極的不去考慮，怎樣給祖父賀壽，怎樣過過節，好使一家老幼都喜歡一下。這個消極的辦法，他覺得，並不怎樣妥當，但是至少可以使他表示出他自己還未忘國恥。

韻梅可不那麼想。真的，為她自己，她絕對不想過節。可是，在祁家，過中秋節既是包括着給祖父賀

原著第三部“饑荒”第八十節

壽，她就不敢輕易把它忽略過去。真的，祁家的人是越來越少了，可是唯其如此，她才更應當設法討老人家的歡喜；她須用她"一以當十"的熱誠與活躍減少老人的傷心。

"咱們怎樣過節啊？"她問瑞宣。

瑞宣不知怎樣回答她好。

她，因為缺乏營養，因為三天兩頭的須去站隊領麵，因為困難與愁苦，已經瘦了很多，黑了很多。因為瘦，所以她的大眼睛顯着更大了；有時候，大得可怕。在瑞宣心不在焉的時節，猛然看見她，他彷彿不大認識她了；直到她說了話，或一笑，他才相信那的確還是她。她還時常發笑，不是因為有甚麼可笑的事，而是習慣或自然的為討別人的喜歡。在這種地方，瑞宣看出她的本質上的良善來。她不只是個平庸的主婦，而是像已活了二三千年，把甚麼驚險困難都用她的經驗與忍耐接受過來，然後微笑着去想應付的方策。因此，瑞宣已不再注意她的外表，而老老實實的拿她當作一個最不可缺少的，妻，主婦，媳婦，母親。是的，儘管她沒有騎着快馬，荷着洋槍，像那些東北的女英雄們，在森林或曠野，與敵人血戰；也沒像鄉間的婦女那樣因男人去從軍，而擔任起築路，耕田，搶救傷兵的工作；可是她也沒像胖菊子那樣因貪圖富貴而逼迫着丈夫去作漢奸，或像冠招弟那樣用身體去換取美好的吃穿；她老微笑着去操作，不抱怨吃的苦，穿的破，她也是一種戰士！

從前瑞宣所認為是她的缺欠的，像舉止不大文雅，服裝不大摩登，思想不出乎家長里短，現在都變成了她的長處。唯其她不大文雅，她才不怕去站隊領糧，以至於捱了皮鞭，仍不退縮。唯其因為她不摩登，所以她才不會為沒去看電影，或沒錢去燙頭髮，而便撅嘴不高興。唯其因為她心中裝滿了家長里短，她才死心塌地的為一家大小操勞，把操持家務視成無可卸脱的責任。這樣，在國難中，她才幫助他保持住一家的清白。這，在他看，也就是抗敵，儘管是消極的。她不只是她，而是中國歷史上好的女性的化身——在國破家亡的時候，肯隨着男人受苦，以至於隨着丈夫去死節殉難！

真的，她不會自動的成為勇敢的，陷陣殺敵的女豪傑，像一些受過教育，覺醒了的女性那樣；可是就事論事，瑞宣沒法不承認她在今天的價值。而且，有些男人，因為女子的逼迫才作了漢奸，也是無可否認的事實。

“你看怎麼辦呢？”瑞宣想不出一定的辦法。

“老太爺的生日，無論怎樣也得有點舉動！可是，咱們沒有糧食。咱們大概不能通知拜壽來的親友們，自己帶來吃食吧？”

“不能！他們可也不見得來，誰不知道家家沒有糧食？”

“你就不知道，咱們北平人多麼好湊熱鬧！”

“那也好辦，來了人清茶恭候！不要説一袋子，就是一斤白麵，教我上哪兒去弄來呢？就是大家不計較吃共和麵，咱們也沒有那麼多呀！”

“真的，清茶恭候？”韻梅清脆的笑了兩聲，——她想哭，不過把哭變成了笑。

韻梅去和婆母商議：“我們倆都沒有主意，你老人家……”

天佑太太把一根鍍金的簪子拔下來：“賣了這個，弄兩斤白麵來吧！”

“不必，媽！有錢不是也沒地方去買到麵嗎？”

握着那根簪子，天佑太太楞起來。

祁老爺的小眼睛與韻梅的大眼睛好像玩着捉迷藏的遊戲，都要從對方的眼睛中看出點意思來，又都不敢正視對方。最後，老人實在忍不住了：“小順兒的媽，甭為我的生日為難！我快八十歲了，甚麼沒吃過，沒喝過？何必單爭這一天！想法子呀，給孩子們弄點甚麼東西吃！看，小妞子都瘦成了一把骨頭啦！”

韻梅回答不出甚麼來，儘管她是那麼會說話的人。她知道老人在這幾天不定盤算了千次萬次，怎麼過生日，可是故意的說不要賀生。這不僅是為減少她的為難，也是表示出老人對一切的絕望——連生日都不願過了！她也知道，老人在這幾天中不定想念天佑，瑞豐，瑞全，多少多少次，而不肯說出來。那麼，假若她不設法在生日那天熱鬧一下，老人也許會痛哭一場的。可是，無論她有多大的本事，她也弄不來白麵！糧食是在日本人手裏呢！

到了十一的晚間，丁約翰像外交官似的走了進來。他的左手提着一袋子白麵，右手拿着一張大的紅名片。把麵袋放下，他雙手把大紅名片遞給了祁老太爺。名片上只有“富善”兩個大黑字。這還是富善先生在三十年前印的呢，紅紙已然有點發黃。

“祁老先生，”丁約翰必恭必敬的說：“富善先生派我送來這點麵，給您過節的。富善先生原打算自己來請安，可是知道咱們胡同裏有東洋人住着，怕給您惹事，他請您原諒！”

丁約翰沒有敢到屋中坐一坐，或喝一碗茶，雖然祁老人誠懇的這麼讓他。富善先生派他來送麵，他就必須只作送麵的專使，不能多說話，或吃祁家的一杯茶。富善先生，在他心中，即使不是上帝，也會是一位大天使。把“差使”交代清楚，他極規矩的告辭，輕快而穩當的走出去。

看着那袋子的白麵，祁老人感動得不大會說話了，而只對麵袋子不住的點頭。

小順兒與妞子歡呼起來：“吃炸醬麵哪！吃‘白’饅頭呀！”

韻梅等老人把麵袋看夠了，才雙手把它抱進廚房去，像抱着個剛生下來的娃娃那麼喜歡，小心。

祁老人在感歎了半天之後，出了主意：“小順的媽，蒸饅頭，多多的蒸！親友們要是來拜 ，別的沒有，給他們饅頭吃！現在，饅頭，白麵的，不就是海參魚翅嗎？”

“喲！好容易得到這麼一口袋寶貝麵，哪能都招待了客人？”韻梅的意思是只給老人蒸幾個壽桃，而留着麵粉當作藥品：這就是說，到家中誰有病的時候，好能用白麵作一碗片兒湯甚麼的。

“你聽我的！咱們，咱們的親友，早晚都得餓死！一袋子麵救不了命！為甚麼不教大家都吃個饅頭，高興一會兒呢？”

韻梅眨巴着大眼睛，沒再說甚麼。她心中可是有點害怕：老人是不是改了脾氣呢？老人改脾氣，按照着“老媽媽論”來說，是要快死的預兆！祁家，在她看，已經丟失了三個男人，祁老人萬萬死不得！有最老的家長活着，不管家中傷了多少人，就好像還不曾損失元氣似的，因為老人是支持家門的體面的大旗。同時，據她想，儘管公公天佑死去，而祁老人還硬硬朗朗的活着，她便可以對別人表示出：“我們還有老人！”而得到一點自慰——我們，別看天下大亂，還會奉養孝順老人！

她去問婆母與丈夫，是否應當依照老人的吩咐，大量的蒸饅頭。回答是：老人怎說，怎辦吧！這使她更不安了。大家難道都改了脾氣，忘了節儉，忘了明天？

到了生日那天，稀稀拉拉的只來了幾個至親。除了給老人拜壽而外，他們只談糧食問題。在談話中，大家順手兒向老人給別的親友道歉：誰誰不能來，因為沒有一件整大褂，誰誰不能來，因為已經斷了炊！

這些惡劣的消息並沒使老人難過，頹喪。他好像是決定要硬着心腸高興一天。他把那些傷心的消息當作理當如此，好表示出自己年近八十，還活着，還有說有笑的活着！儘管日本人佔據北平已有好幾年，儘管日本人變盡了方法去殺人，儘管他天天吃共和麵，可是他還活着，還沒被饑荒與困苦打倒——也許永遠不會被打倒！

天佑太太，瑞宣，韻梅，以至於親戚們，看老人這樣喜歡，都覺得奇怪。同時，因為老人既很高興，大家就不便都哭喪着臉；於是，把目前傷心的事都趕緊收起去，而提起老年間太平的景象，以便博得老人的歡心。

及至饅頭拿上來，果然不出老人所料，大家都彷彿看見了奇珍異寶。他們只顧往口中送那雪白的，香軟的，饅頭，而忘了並沒有甚麼炒菜與葷腥。韻梅屢屢的向大家道歉："除了饅頭可沒有別的東西呀！"大家彷彿覺得她的道歉是多此一舉，而一勁兒誇讚饅頭的甜美。

祁老人好似發了狂，一手扶着小順兒，一手拿着饅頭，勸讓每一個客人："再吃一個！再吃一個！"

等到客人都走了，老人臉上的笑容完全不見了。教小順兒給拿來小板凳，他坐在了院中，把下巴頂在胸前，一動也不動。

"爺爺，你累了吧？到屋裏躺一會兒去？"韻梅過來打招呼。

老人沒出一聲，也沒動一下。

韻梅的心中打開了鼓："爺爺，你怎麼啦？"

老人又沉默了半天，才抬起頭來，看着韻梅。她又問了聲："怎麼啦？你老人家！"

老人歎了口氣，而後彷彿已筋疲力盡了似的，極慢極慢的說："你也許看我是發了瘋，把饅頭往外亂塞！

我沒有瘋，沒有！想想吧，要是天佑，瑞豐，瑞全，常二爺，連那個胖二媳婦，都在裏面，得吃多少饅頭呢？我假裝的拿親戚們當作了天佑，常二爺……！他們吃了，也就好像……！”老人又低下頭去。

“爺爺！這是幹甚麼呢！今天您不是挺高興的嗎？幹嗎自己找不痛快呢？”韻梅假笑着勸慰。

“我高興？”老人低着頭說：“混賬才高興呢！算算吧，四輩子人還剩下了幾個？生日？這是祭日！我的生日，天佑們的祭日！一個人活着是為生兒養女，永遠不斷了香煙。看我！兒子倒死在我前面！我高興？我怎那麼不知好歹！”

又叨嘮了一大陣，老人才手指着三號院子那邊，咬着牙說：“全是他們鬧的！日本人就是人間的禍害星！”

說完了這一句，老人似乎解了一點氣，呆呆的楞起來。

楞了好大半天，他低聲的叫：“小順兒！”看重孫子跑過來，他說：“去拿幾個饅頭來，用手絹兒兜好！”

一家人都猜不到老人是甚麼意思。小順兒把饅頭拿來，老人發了話：“走！跟我去！”

瑞宣搭訕着走過來，笑着問：“給誰送饅頭去？爺爺！”

老人慢慢的立起來，慘笑了一下。“哼！我要恩怨分明！有仇的，我不再忘記；有好處的，我一定記住。一號的那位日本老婆子對咱們有點好處，我給她送幾個饅頭去！”

“算了吧，爺爺！”瑞宣明知祖父想的很對，可是總覺得給日本人送東西去，有點怪難為情。“他們有白麵吃！”

“他們有麵吃是他們的事，我送不送給他們是我的事！再說，這是壽桃，不是平常的饅頭。”

“好，我陪您去！”瑞宣知道一號的老太婆不大會說中國話。

小順兒見爸爸要跟老人去，偷偷的躲開。他恨一號的日本孩子，不高興他們吃到太爺的壽桃。

瑞宣敲了兩次門，一號的老太婆，帶着兩個淘氣孩子，才慢慢的開了個門縫。及至看明白是瑞宣，她趕緊把門開開，兩個孩子，一點也不像往日那麼淘氣了，乖乖的立在她旁邊。還沒等瑞宣說明來意，老太婆就用英語說了話：

“你來的正好，我正要去告訴你！他們的娘都被軍隊調了去，充當營妓！我是日本人，也是人類的人；以一個日本人說，我應當一語不發，完全服從命令；以一個人類的人說，我詛咒那教這兩個孩子的父親變成骨灰，媽媽變成妓女的人！”老太太把話說完，手與唇都顫動起來。

兩個孩子始終看着老太太的嘴，大概已猜到她說的是甚麼。到她說完了話，他們更靠近她些，呆呆的立着。

瑞宣想不起說甚麼好。他應當安慰老太太，可又覺得那些來燒殺中國的人們理當男作骨灰，女作娼妓。

祁老人不知道她說的是甚麼，慢慢的把手絹裹的饅頭拿出來，遞給那兩個孩子。同時，他對瑞宣說：

“告訴她，這是壽桃！”

瑞宣照樣的告訴了老太太，她點了點頭，而後又楞起來。

男的，女的，老的，小的，都沒有話可說，十隻眼都呆呆的看着那大的白的饅頭。

瑞宣攙着祖父，輕輕的說了聲：“走吧？”

老人沒說甚麼，隨着長孫往家中走：“那個老太太說甚麼來着？”

瑞宣沒敢回頭。他覺得老太婆和兩個孩子必定還在門口看着他呢。一直的進了家門，他才把老婆婆的話告訴了祖父。祁老人想了半天，低聲的說：“誰殺人，誰也捱殺；誰禍害女人，誰的女人也捱禍害！那兩個孩子跟老婆婆都怪可憐的！”

12. 抗爭：妞子慘死

如果孩子的眼睛能夠反映戰爭的恐怖，那麼妞子的眼睛裏就有。

因為餓，她已經沒有力氣跑跑跳跳。她的脖子極細，因而顯得很長。儘管臉上已經沒有多少肉，這又細又長的脖子卻還支撐不起她那小腦袋。她衣服陳舊，又太短，然而瞧着卻很寬鬆，因為她瘦得只剩了一把骨頭。看起來，她已經半死不活了。

她說不吃共和麵的時候，那眼神彷彿是在對家裏人說，她那小生命也自有它的尊嚴：她不願意吃那連豬狗都不肯進嘴的東西。她既已拿定主意，就決不動搖。誰也沒法強迫她，誰也不會為了這個而忍心罵她。她眼睛裏的憤怒，好像代表大家表達了對侵略戰爭的憎恨。

發完了脾氣，她就半睜半閉着小眼，偷偷瞟家裏的人，彷彿是在道歉，求大家原諒她，她不會說："眼下這麼艱難，我不該發脾氣。"她的眼神裏確實有這個意思。然後，她就慢慢閉上眼睛，把所有的痛苦都埋在她那小小的心裏。

雖說是閉上了眼，她可知道，大人常常走過來

原著第三部"饑荒"第九十七節

看她，悄悄地歎上一口氣。她知道大人都可憐她，愛她，所以她拚命忍住不哭。她得忍受痛苦。戰爭教會她如何忍受痛苦。

她會閉上眼打個小盹，等她再睜開眼來，就硬擠出一絲笑容。她眨巴着小眼，自個兒騙自個兒——妞妞乖，睜眼就知道笑。她招得大家夥兒都愛她。

要是碰巧大人弄到了點兒吃食給她，她就把眼睛睜得大大的，以為有了這點兒吃的，就能活下去了。她的眼睛亮了起來，彷彿她要唱歌——要讚美生活。

吃完東西，她的眼睛像久雨放晴的太陽那樣明亮，好像在說："我的要求並不多，哪怕吃這麼一小點兒，我也能快樂地活下去。"這時候，她能記起奶奶講給她聽的故事。

然而她眼睛裏的笑意很快就消失了。她沒吃夠，還想吃。那塊瓜，或者那個燒餅，實在太小了。為甚麼只能吃那麼一丁點兒呢？為甚麼？可是她不問。她知道哥哥小順兒就連這一小塊瓜也還吃不上呢。

瑞宣不敢看他的小女兒。英美的海軍快攻到日本本土了，他知道，東方戰神不久也會跟德國、意大利一樣無條件投降。該高興起來了。然而，要是連自己的小閨女都救不了，就是戰勝了日本，又怎麼高興得起來呢？人死不能復生，小妞子犯了甚麼罪，為甚麼要落得這麼個下場？

祁老人，現在甚麼事都沒有力氣去照應，不過還是掙扎着關心妞妞。最老的和最小的總是心連心的。每當韻梅弄了點比共和麵強的吃食給他，老人看都不看就說：“給妞子吃，我已經活夠了，妞子她——”接着就長歎一口氣。他明白妞子就是吃了這口東西，也不見得會壯起來。他想起死了的兒子，和兩個失了蹤的孫子。要是四世同堂最幼小的一代出了問題，那可怎麼好！他晚上睡不着的時候，老是禱告：“老天爺呀，把我收回去，收回去吧，可是千萬要把妞子留給祁家呀！”

韻梅那雙作母親的眼睛早就看出了危險，然而她只能低聲歎息，不敢驚動老人。她會故意做出滿不在乎的樣子說：“沒事兒，沒事兒，丫頭片子，命硬！”

話是這麼說，可她心裏比誰都難過。妞子是她的閨女。在她長遠的打算裏，妞子是她一切希望的中心。她閉上眼就能看見妞子長大成人，變成個漂亮姑娘，出門子，生兒育女——而她自個兒當然就是既有身分又有地位的姥姥。

小順兒當然是個重要的人物。從傳宗接代的觀點看，他繼承了祁家的香煙。可他是個男孩子，韻梅沒法設身處地仔細替他盤算。妞子是個姑娘，韻梅能根據自己的經驗為妞子的將來好好安排安排。母女得相依為命哪。

妞子會死，這她連想都不敢想。說真的，要是妞子死了，韻梅也就死了半截了。說一句大不孝的話吧——即便祁老人死了，天佑太太死了，妞子也必須活下去。老人如同秋天的葉子——時候一到，就得落下來，妞子還是一朵含苞未放的鮮花兒呢。韻梅很想把她摟在懷裏，彷彿她還只有兩三個月大。在她撫弄妞子的小手小腳丫的時候，她真恨不得妞子再變成個吃奶的小孩子。

妞子總是跟着奶奶。那一老一少向來形影不離。要是不照看，不哄着妞子，奶奶活着就一點兒用處也沒有了。韻梅沒法讓妞子離開奶奶。有的時候，她真的妒忌起來，恨不得馬上把妞子從天佑太太那兒奪過來，可她沒那麼辦。她知道，婆婆沒閨女，妞子既是孫女，又是閨女。韻梅勸慰婆婆："妞子沒甚麼大不了的，沒有大病。"彷彿妞子只是婆婆的孫女，而不是她身上掉下來的肉。

當這條小生命在生死之間徘徊的時候，瑞宣打老三那兒得到了許多好消息，作為撰稿的材料，且用不完呢。美國的第三艦隊已經在攻東京灣了，蘇美英締結了波茨坦協定，第一顆原子彈也已經在廣島投下。

天很熱。瑞宣一天到晚汗流浹背，忙着選稿，編輯、收發稿件。他外表雖然從容，可眼睛放光，心也跳得更快了。他忘了自己身體軟弱，只覺得精力無限，一刻也不肯休息。他想縱聲歌唱，慶祝人類最大悲劇的結束。

他不但報導勝利的消息，還要撰寫對於將來的展望。經過這一番血的教訓，但願誰也別再使用武力。不過他並沒有把這意思寫出來。地下報刊篇幅太小，寫不下這麼多東西。

於是他在教室裏向學生傾訴自己的希望。人類成了武器的奴隸，沒有出息。好在人類也會冷靜下來，結束戰爭，締結和議。要是大家都裁減軍備，不再當

武器的奴隸，和平就有指望了。

然而一見妞子，他的心就涼了。妞子不容許他對明天抱有希望。他心裏直禱告：“勝利就在眼前，妞子，你可不能死！再堅持半年，一個月，也許只要十天——小妞子呀，你就會看見和平了。”

祈求也是枉然，勝利救不了小妞子。勝利是戰爭的結束，然而卻無法起死回生，也無法使瀕於死亡的人不死。

當妞子實在沒有東西可吃，而只能嚥一口共和麵的時候，她就拿水或者湯把它沖下肚裏去。共和麵裏的砂子、穀殼卡在闌尾裏，引起了急性闌尾炎。

她肚子陣陣絞痛，彷彿八年來漫長的戰爭痛苦都集中到這一點上了，痛得她蜷縮成一團，渾身冒冷汗，舊褲子、小褂都濕透了。她尖聲叫喊，嘴唇發紫，眼珠直往上翻。

全家都圍了來，誰也不知道該怎麼辦。打仗的年頭，誰也想不出好辦法。

祁老人一見妞子挺直身子不動了，就大聲喊起來：“妞子，乖乖，醒醒，妞子，醒醒呀！”

妞子的兩條小瘦腿，細得跟高粱稈似的，直直地伸着。天佑太太和韻梅都衝過去搶她，韻梅讓奶奶佔了先。天佑太太把孫女抱在懷裏不住地叫：“妞子，妞子！”小妞子筋疲力竭，只有喘氣的份兒。

“我去請大夫，”瑞宣好像大夢初醒，跳起來就往門外奔。

又是一陣絞痛，小妞子在奶奶懷裏抽搐，用完了她最後一點力氣。天佑太太抱不動她，把她放回到牀上。

妞子那衰弱的小身體抗不住疾病的折磨，幾度抽搐，她就兩眼往上一翻，不再動了。

天佑太太把手放在妞子唇邊試了試，沒氣兒了。妞子不再睜開眼睛瞧奶奶，也不再用她那小甜嗓兒叫“媽”了。

天佑太太出了一身冷汗，伸出去的手停在半空。她動不了，也哭不出。她迷迷忽忽站在小牀前，腦子發木，心似刀絞，連哭都不知道哭了。

一見妞子不動了，韻梅撲在小女兒身上，把那木然不動，被汗水和淚水浸濕了的小身子緊緊抱住。她哭不出來，只用腮幫子挨着小妞子的胸脯，發狂地喊：“妞子，我的肉呀，我的妞子呀，”小順兒大聲哭了起來。

祁老人渾身顫抖，摸摸索索坐到在一把椅子裏，低下了頭。屋子裏只有韻梅的喊聲和小順兒的哭聲。

老人低頭坐了許久，許久，而後突然站了起來，他慢慢地，可是堅決地走向小牀，搬着韻梅的肩頭，想把她拉開。

韻梅把妞子摟得更緊了。妞子是她身上掉下來的肉，她恨不得再和小女兒合為一體。

祁老人有點發急，帶着懇求的口吻說：“一邊去，一邊去。”

韻梅聽了爺爺的話，發狂地叫起來：“您要幹甚麼呀？”

老人又伸手去拽她，韻梅一屁股坐在了地上，老

人抱起小妞子，一面叫：“妞子，”一面慢慢往門外走。“妞子，跟你太爺爺來。”妞子不答應，她的小腿隨着老人的步子微微地搖晃。

老人踉踉蹌蹌地抱着妞子走到院裏，一腦門都是汗。他的小褂只扣上了倆個扣，露出了硬繃繃乾癟癟的胸膛。他在台階下站定，大口喘着氣，好像害怕自己會忘了要幹甚麼。他把妞子抱得更緊了，不住的低聲呼喚：“妞子，妞子，跟我來呀，跟我來！”

老人一聲聲低喚，叫得天佑太太也跟着走了出來。直楞楞的，她朝前瞅着，僵屍一樣癡癡地走在老人後面，彷彿老人叫的不是妞子，而是她。

韻梅的呼號和小順兒的哭聲驚動來了不少街坊。

丁約翰是里長，站在頭裏。從他那神氣看來，到了該説話的時候，他當然是頭一個張嘴。

四大媽的眼睛快瞎了，可她那樂於助人的熱心腸，誠懇待人的親切態度，還和往日一樣。她拄着一根枴棍兒，忙着想幫一把手，好像自從“老東西”死了以後，她就得獨自個承擔起幫助四鄰的責任來了。

程長順抱着小凱，站在四大媽背後。他如今看着像個中年人了。小凱子雖説不很胖，可模樣挺周正。

馬老寡婦沒走進門來。祁家的人為甚麼忽而一齊放聲大哭起來，她放心不下。然而她還是站在大門外頭，耐心等着長順出來，把一切告訴她。

相聲方六和許多別的人，都靜悄悄站在院子裏。

祁老人邁着堅定的步子，走得非常慢。他怕摔，兩條腿左一拐，右一拐地，快不了。

瑞宣領着大夫忙着闖進院了。他繞過影壁，見街坊四鄰擠在院子裏，趕緊用手推開大家，一直走到爺爺跟前。大夫也走了過來，拿起妞子發僵了的手腕。

祁老人猛然站住，抬起頭來，看見了大夫。“你要幹甚麼？”他氣得喊起來。

大夫沒注意到老人生氣的模樣，只悄悄對瑞宣説，“孩子死了。”

瑞宣彷彿沒聽見大夫説的話，他含着淚，走過去拉住爺爺的胳臂。大夫轉身回去了。

“爺爺，您把妞子往哪兒抱？她已經——”那個“死”字堵在瑞宣的嗓子眼裏，説不出來。

“躲開！”老人的腿不聽使喚，可他還是一個勁兒往前走。

“我要讓三號那些日本鬼子們瞧瞧。是他們搶走了我們的糧食。他們的孩子吃得飽飽的，我的孫女可餓死了。我要讓他們看看，站一邊去！”

13. 漢奸眾生相：所長大赤包

大赤包變成全城的妓女的總乾娘。高亦陀是她的最得力的"太監"。高先生原是賣草藥出身，也不知怎的到過日本一趟，由東洋回來，他便掛牌行醫了。他很謹慎的保守他的出身的秘密，可是一遇到病人，他還沒忘了賣草藥時候的胡吹亂侃；他的話比他的醫道高明着許多。嘴以外，他仗着"行頭"鮮明，他永遠在出門的時候穿起過分漂亮的衣服鞋襪，為是十足的賣弄"賣像兒"；在江湖上，"賣像兒"是非常重要的。

一個古老的文化本來就很複雜，再加上一些外來的新文化，便更複雜得有點莫名其妙，於是生活的道路上，就像下過大雨以後出來許多小徑那樣，隨便那個小徑都通到吃飯的處所。在我們老的文化裏，我們有很多醫治病痛的經驗，這些經驗的保留者與實行者便可以算作醫生。趕到科學的醫術由西方傳來，我們又知道了以阿司匹靈代替萬應錠，以兜安氏藥膏代替凍瘡膏子藥；中國人是喜歡保留古方而又不肯輕易拒絕新玩藝兒的。因此，在這種時候要行醫，頂好是說中西兼用，舊藥新方，正如同中菜西吃，外加叫條子與高聲猜拳那樣。高亦陀先生便是這種可新可舊，不

原著第二部"偷生"第三十七節，文字有刪節

新不舊，在文化交界的三不管地帶，找飯吃的代表。

他的生意可惜並不甚好。他不便去省察自己的本事與學問，因為那樣一來，他便會完全失去自信，而必不可免的摘下“學貫中西”的牌匾。他只能怨自己的運氣不大好，同時又因嫉妒而輕視別的醫生；他會批評西醫不明白中國醫道，中醫又不懂科學，而一概是殺人的庸醫。

大赤包約他幫忙，他不能不感激知遇之恩。假若他的術貫中西的醫道使他感到抓住了時代的需要，去作妓女檢查所的秘書就更是天造地設的機遇。他會説幾句眼前的日本語，他知道如何去逢迎日本人，他的服裝打扮足以“唬”得住妓女，他有一張善於詞令的嘴。從各方面看，他都覺得勝任愉快，而可以大展經綸。他本來有一口兒大煙癮，可是因為收入不怎麼豐，所以不便天天有規律的吸食。現在，他看出來他的正規收入雖然還不算很多，可是為大赤包設法從妓女身上榨取油水的時候，他會，也應當，從中得些好處的。於是，他也就馬上決定天天吸兩口兒煙，一來是日本人喜歡中國的癮士，二來是常和妓女們來往，會抽口兒煙自然是極得體的。

對大赤包，在表面上，他無微不至的去逢迎。他幾乎“長”在了冠家。大家打牌，他非到手兒不夠的時候，決不參加。他的牌打得很好，可是他知道“喝酒喝厚了，賭錢賭薄了”的格言，不便於天天下場。不下場的時候，他總是立在大赤包身後，偶爾的出個主意，備她參考。他給她倒茶，點煙，拿點心，並且有時候還輕輕的把鬆散了的頭髮替她整理一下。他的相貌，風度，姿態，動作，都像陪闊少爺冶遊，幫吃幫喝的"篾片兒"。大赤包完全信任他，因為他把她伺候得極舒服。每當大赤包上車或下車，他總過去攙扶。每當她要"創造"一種頭式，或衣樣，他總從旁供獻一點意見。她的丈夫從來對她沒有這樣殷勤過。他是西太后的李蓮英。

可是，在他的心裏，他另有打算。他須穩住了大赤包，得到她的完全的信任，以便先弄幾個錢。等到手裏充實了以後，他應當去直接的運動日本人，把大赤包頂下去，或者更好一點把衛生局拿到手裏。他若真的作了衛生局局長，哼，大赤包便須立在他的身後，伺候着他打牌了。

對冠曉荷，他只看成為所長的丈夫，沒放在眼裏。他非常的實際，冠曉荷既還賦閒，他就不必分外的客氣。對常到冠家來的人，像李空山，藍東陽，瑞豐夫婦，他都儘量的巴結，把主任，科長叫得山響，而且願意教大家知道他是有意的巴結他們。他以為只有被大家看出他可憐，大家才肯提拔他；到他和他們的地位或金錢可以肩膀齊為兄弟的時候，他再拿出他的氣派與高傲來。他的氣派與高傲都在心中儲存着呢！把主任與科長響亮的叫過之後，他會冰涼的叫一聲冠"先生"，叫曉荷臉上起一層小白疙疸。

冠曉荷和東陽，瑞豐拜了盟兄弟。雖然他少報了五歲，依然是"大哥"。他羨慕東陽與瑞豐的官運，同時也羨慕他們的年輕有為。當初一結拜的時候，他頗高興能作他們的老大哥。及至轉過年來，他依然得不到一官半職，他開始感覺到一點威脅。雖然他的白髮還是有一根便拔一根，可是他感到自己或者真是老得不中用了；要不然，憑他的本事，經驗，風度，怎麼會幹不過了那個又臭又醜的藍東陽，和傻蛋祁瑞豐呢？他心中暗暗的着急。高亦陀給他的刺激更大，那聲冰涼的“先生”簡直是無情的匕首，刺着他的心！他想回敬出來一兩句俏皮的，教高亦陀也顫抖一下的話，可是又不便因快意一時而把太太也得罪了；高亦陀是太太的紅人啊。他只好忍着，心中雖然像開水一樣翻滾，臉上可不露一點痕跡。他要證明自己是有涵養的人。他須對太太特別的親熱，好在她高興的時候，給高亦陀說幾句壞話，使太太疏遠他。反正她是他的太太，儘管高亦陀一天到晚長在這裏，也無礙於他和太太在枕畔說話兒呀。為了這個，他已經不大到桐芳屋裏去睡。

大赤包無論怎樣像男人，到底是女子，女子需要男人的愛，連西太后恐怕也非例外。她不但看出高亦陀的辦事的本領，也感到他的殷勤。憑她的歲數與志願，她已經不再想作十八九歲的姑娘們的春夢。可是，她平日的好打扮似乎也不是偶然的。她的心愛的紅色大概是為補救心中的灰暗。她從許多年前，就知道丈夫並不真心愛她。現在呢，她又常和妓女們來往，她滿意自己的權威，可是也羨慕她們的放浪不拘。她沒有工夫去替她們設身處地的去想她們的苦痛；她只理會自己的存在，永遠不替別人想甚麼。她只覺得她們給她帶來一股像春風的甚麼，使她渴想從心中放出一朵鮮美的花來。她並沒看得起高亦陀，可是高亦陀的殷勤到底是殷勤。想想看，這二三十年來，誰給過她一點殷勤呢？她沒有過青春。不管她怎樣會修飾打扮，人們彷彿總以為她像一條大狗熊，儘管是一條漂亮的大狗熊。她知道客人們的眼睛不是看高第與招弟，便是看桐芳，誰也不看她。他們若是看她，她就得給他們預備茶水或飯食，在他們眼中，她只是主婦，而且是個不大像女人的主婦！

在初一作所長的時節，她的確覺得高興，而想拿出最大的度量，寬容一切的人，連桐芳也在內。趕到所長的滋味已失去新鮮，她開始想用一點甚麼來充實自己，使自己還能像初上任時那麼得意。第一個她就想到了桐芳。不錯，以一個婦女而能作到所長，她不能不承認自己是個女中的豪傑。但是，還沒得到一切。她的丈夫並不完全是她的。她應當把這件事也馬上解決了。平日，她的丈夫往往偏向着桐芳；今天她已是所長，她必須用所長的威力壓迫丈夫，把那個眼中釘拔了去。

趕到曉荷因為抵制高亦陀而特別和她表示親密，她並沒想出他的本意來；她的所作所為是無可批評的。她以為他是看明白了她的心意，而要既承認君臣之興，又恢復夫妻之愛；她開始向桐芳總攻。

這次的對桐芳攻擊，與從前的那些次大不相同。從前，她的武器只是叫罵吵鬧。這樣的武器，桐芳也有一份兒，而且比她的或者更銳利一點。現在，她是所長，她能指揮窰子裏的魚兵蝦將作戰。有權的才會狠毒，而狠毒也就是威風。她本來想把桐芳趕出門去就算了，可是越來越狠，她決定把桐芳趕到窰子裏去。一旦桐芳到了那裏，大赤包會指派魚兵蝦將監視着她，教她永遠困在那裏。把仇敵隨便的打倒，還不如把仇敵按着計劃用在自己指定的地方那麼痛快；她看準了窰子是桐芳的最好的牢獄。

大赤包不常到辦公處去，因為有一次她剛到妓女檢查所的門口，就有兩三個十五六歲的男孩子大聲的叫她老鴇子。她追過去要打他們，他們跑得很快，而且一邊跑一邊又補上好幾聲老鴇子。她很想把門外的牌子換一換，把"妓女"改成更文雅的字眼兒。可是，機關的名稱是不能隨便改變的。她只好以不常去保持自己的尊嚴。有甚麼公文，都由高亦陀拿到家來請她過目；至於經常的事務，她可以放心的由職員們代辦，因為職員們都清一色的換上了她的娘家的人；他們既是她的親戚，向來知道她的厲害，現在又作了她的屬員，就更不敢不好好的效力。

決定了在家裏辦公，她命令桐芳搬到瑞豐曾經要住的小屋裏去，而把桐芳的屋子改為第三號客廳。北屋的客廳是第一號，高第的臥室是第二號。凡是貴客，與頭等妓女，都在第一號客廳由她自己接見。這麼一來，冠家便每天都貴客盈門，因為貴客們順便的就打了茶圍。第二號客廳是給中等的親友，與二等妓女預備着的，由高第代為招待。窮的親友與三等妓女都到第三號客廳去，桐芳代為張羅茶水甚麼的。

一號和二號客廳裏，永遠擺着牌桌。麻雀，撲克，押寶，牌九，都隨客人的便；玩的時間與賭的大小，也全無限制。無論玩甚麼，一律抽頭兒。頭兒抽得很大，因為高貴的香煙一開就是十來筒，在屋中的每一角落，客人都可以伸手就拿到香煙；開水是晝夜不斷，高等的香片與龍井隨客人招呼，馬上就沏好。“便飯”每天要開四五桌，客人雖多，可是酒飯依然保持着冠家的水準。熱毛巾每隔三五分鐘由漂亮的小老媽遞送一次；毛巾都消過毒——這是高亦陀的建議。

只有特號的客人才能到大赤包的臥室裏去。這裏有由英國府來的紅茶，白蘭地酒，和大炮台煙。這裏還有一價兒很精美的鴉片煙煙具。

大赤包近來更發了福，連臉上的雀斑都一個個發亮，好像抹上了英國府來的黃油似的。她手指上的戒指都被肉包起來，因而手指好像剛灌好的臘腸。隨着肌肉的發福，她的氣派也更擴大。每天她必細細的搽粉抹口紅，而後穿上她心愛的紅色馬甲或長袍，坐在堂屋裏辦公和見客。她的眼和耳控制着全個院子，她的咳嗽與哈欠都是一種信號——二號與三號客廳的客人們若吵鬧得太兇了，她便像放炮似的咳嗽一兩聲，教他們肅靜下來；她若感到疲倦便放一聲像空襲警報器似的哈欠，教客人們鞠躬告退。

在堂屋坐膩了，她才到各屋裏像戰艦的艦長似的檢閱一番，而二三等的客人才得到機會向她報告他們的來意。她點頭，就是“行”；她皺眉，便是“也許行”；她沒任何的表示，便是“不行”。假若有不知趣的客

人，死氣白賴的請求甚麼，她便責罵尤桐芳。

午飯後，她要睡一會兒午覺。只要她的臥室的簾子一放下來，全院的人都立刻閉上了氣，用腳尖兒走路。假若有特號的客人，她可以犧牲了午睡，而精神也不見得疲倦。她是天生的政客。

遇到好的天氣，她不是帶着招弟，便是瑞豐太太，偶爾的也帶一兩個她最寵愛的"姑娘"，到中山公園或北海去散散步，順便展覽她的頭式和衣裳的新樣子——有許多"新貴"的家眷都特意的等候着她，好模仿她的頭髮與衣服的式樣。在這一方面，她的創造力是驚人的：她的靈感的來源最顯著的有兩個，一個是妓女，一個是公園裏的圖畫展覽會。妓女是非打扮得漂亮不可的。可是，從歷史上看，在民國以前，名妓多來自上海與蘇州，她們給北平帶來服裝打扮的新式樣，使北平的婦女們因羨慕而偷偷的模仿。民國以後，妓女的地位提高了一些，而女子教育也漸漸的發達，於是女子首先在梳甚麼頭，作甚麼樣的衣服上有了一點自由，她們也就在這個上面表現出創造力來。這樣，妓女身上的俗艷就被婦女們的雅致給壓倒。在這一方面，妓女們失去了領導的地位。大赤包有眼睛，從她的"乾女兒"的臉上，頭上，身上，腳上，她看到了前幾年的風格與式樣，而加上一番揣摩。出人意料的，她恢復了前幾年曾經時行的頭式，而配以最新式樣的服裝。她非常的大膽，硬使不調和的變成調和。假若不幸而無論如何也不調諧，她會用她的氣派壓迫人們的眼睛，承認她的敢於故作驚人之筆，像萬里長城似的，雖然不美，而驚心動魄。在她這樣打扮了的時節，她多半是帶着招弟去遊逛。招弟是徹底的摩登姑娘，不肯模仿媽媽的出奇制勝。於是，一老一少，一常一奇，就更顯出媽媽的奇特，而女兒反倒平平常常了。當她不是這樣怪裏怪氣的時候，她就寧教瑞豐太太陪着她，也不要招弟，因為女兒的年輕貌美天然的給她不少威脅。

每逢公園裏有畫展，她必定進去看一眼。她不喜歡山水花卉與翎毛，而專看古裝的美人。遇到她喜愛的美人，她必定購一張。她願意教“冠所長”三個字長期的顯現在大家眼前，所以定畫的時節，她必囑咐把這三個字寫在特別長的紅紙條上，而且字也要特別的大。畫兒定好，等到“取件”的時節，她不和畫家商議，而自己給打個八折。她覺得若不這樣辦，就顯不出所長的威風，好像妓女檢查所所長也是畫家們的上司似的。畫兒取到家中之後，她到夜靜沒人的時候，才命令曉荷給她展開，她詳細的觀賞。古裝美人衣服上的邊緣如何配色，頭髮怎樣梳，額上或眉間怎樣點“花子”，和拿着甚麼樣的扇子，她都要細心的觀摩。看過兩三次，她發明了寬袖寬邊的衣服，或像唐代的長髻垂髮，或眉間也點起“花子”，或拿一把絹製的團扇。她的每一件發明，都馬上成為風氣。

假若招弟專由電影上取得裝飾的模範，大赤包便是溫故知新，從古舊的本位的文化中去發掘，而後重新改造。她並不懂得甚麼是美，可是她的文化太遠太深了，使她沒法不利用文化中的色彩與形式。假若文化是一條溪流，她便是溪水的泡沫，而泡沫在遇上相當合適的所在，也會顯出它的好看。她不懂得甚麼叫文化，正像魚不知道水是甚麼化合的一樣。但是，魚若是會浮水，她便也會戲弄文化。

在她的心裏，她只知道出風頭，與活得舒服。事實上，她卻表現着一部分在日本轄制下的北平人的精神狀態。這一部分人是投降給日本人的。在投降之後，他們不好意思愧悔，而心中又總有點不安，所以他們只好鬼混，混到哪裏是哪裏，混到幾時是幾時。這樣，物質的享受與肉慾的放縱成了他們發洩感情的唯一的出路。假若"氣節"令他們害怕，他們會以享受與縱慾自取滅亡，作個風流鬼。他們吸鴉片，喝藥酒，捧戲子，玩女人；他們也講究服裝打扮。在這種心理下，大赤包就成了他們的女人的模範。大赤包的成功是她誤投誤撞的碰到了漢奸們的心理狀態。在她，她始終連甚麼亡國不亡國都根本沒有思索過。她只覺得自己有天才，有時運，有本領，該享受，該作大家的表率。她使大家有了事作，有了出風頭的機會與啟示。她看不起那模仿她的女人們，因為她們缺乏着創造的才智。況且，她們只能模仿她的頭髮，衣裝，與團扇，而模仿不了她作所長。她是女英雄，能抓住時機自己升官發財，而不手背朝下去向男人要錢買口紅與鑽石。站在公園或屋裏，她覺得她的每一個腳指頭都嘎噔嘎噔的直響！

在她的客廳裏，她甚麼都喜歡談，只是不談國事。南京的陷落與武漢的成為首都，已使她相信她可以高枕無憂的作她的事情了。她並不替日本人思索甚

麼，她覺得日本人的佔據北平實在是為她打開一個天下。她以為若沒有她，日本駐北平的軍隊便無從得到花姑娘，便無法防止花柳病的傳播，而連冠家帶她娘家的人便不會得到一切享受。她覺得她比日本人還更重要。她與日本人的關係，她以為，不是主與僕的，而是英雄遇見了好漢，相得益彰。因此，北平全城只要有集會她必參加，而且在需要錦標與獎品的時候，她必送去一份。這樣，她感到她是與日本人平行的，並不分甚麼高低。

趕到她宴請日本人的時候，她也無所不盡其極的把好的東西拿出來，使日本人不住的吸氣。她要用北平文化中的精華，教日本人承認她的偉大。她不是漢奸，不是亡國奴，而是日本人在吃喝穿戴等等上的導師。日本人，正如同那些妓女，都是她的寶貝兒，她須給他們好的吃喝，好的娛樂。她是北平的皇后，而他們不過是些鄉下孩子。

14. 漢奸眾生相：里長冠曉荷

……小羊圈自成為一里，已派出正副里長。

小羊圈的人們還不知道里長究竟是幹甚麼的。他們以為里長必是全胡同的領袖，協同着巡警辦些有關公益的事。所以，眾望所歸，他們都以李四爺為最合適的人。他們都向白巡長推薦他。

李四爺自己可並不熱心擔任里長的職務。由他的二年多的所見所聞，他已深知日本人是甚麼東西。他不願給日本人辦事。

可是，還沒等李四爺表示出謙讓，冠曉荷已經告訴了白巡長，里長必須由他充任。他已等了二年多，還沒等上一官半職，現在他不能再把作里長的機會放過去。雖然里長不是官，但是有個“長”字在頭上，多少也過點癮。況且，事在人為，誰準知道作里長就沒有任何油水呢？

這本是一樁小事，只須他和白巡長說一聲就夠了。可是，冠曉荷又去託了一號的日本人，替他關照一下。慣於行賄託情，不多說幾句好話，他心裏不會舒服。

原著第二部“偷生”第五十七節，文字有刪節

白巡長討厭冠曉荷，但是沒法子不買這點賬。他只好請李四爺受點屈，作副里長。李老人根本無意和冠曉荷競爭，所以連副里長也不願就。可是白巡長與鄰居們的“勸進”，使他無可如何。白巡長說得好：“四大爺，你非幫這個忙不可！誰都知道姓冠的是吃裏爬外的混球兒，要是再沒你這個公正人在旁邊看一眼，他不定幹出甚麼事來呢！得啦，看在我，和一群老鄰居的面上，你老人家多受點累吧！”

好人禁不住幾句好話，老人的臉皮薄，不好意思嚴詞拒絕：“好吧，幹幹瞧吧！冠曉荷要是胡來，我再不幹就是了。”

“有你我夾着他，他也不敢太離格兒了！”白巡長明知冠曉荷不好惹，而不得不這麼說。

老人答應了以後，可並不熱心去看冠曉荷。在平日，老人為了職業的關係，不能不聽曉荷的支使。現在，他以為正副里長根本沒有多大分別，他不能先找曉荷去遞手本。

冠曉荷可是急於擺起里長的架子來。他首先去印了一盒名片，除了一大串“前任”的官銜之外，也印上了北平小羊圈裏正里長。印好了名片，他切盼副里長來朝見他，以便發號施令。李老人可是始終沒露面。他趕快的去作了一面楠木本色的牌子，上刻“里長辦公處”，塗上深藍的油漆，掛在了門外。他以為李四爺一看見這面牌子必會趕緊來叩門拜見的。李老人還是沒有來。他找了白巡長去。

白巡長準知道，只要冠曉荷作了里長，就會憑空給他多添許多麻煩。可是，他還須擺出笑容來歡迎新里長；新里長的背後有日本人啊。

"我來告訴你，李四那個老頭子是怎麼一回事，怎麼不來見我呢？我是'正'里長，難道我還得先去拜訪他不成嗎？那成何體統呢！"

白巡長沉着了氣，話軟而氣兒硬的說："真的，他怎麼不去見里長呢？不過，既是老鄰居，他又有了年紀，你去看看他大概也不算甚麼丟臉的事。"

"我先去看他？"曉荷驚異的問。"那成甚麼話呢？告訴你，我是正里長，只能坐在家裏出主意，辦公；跑腿走路是副里長的事。我去找他，新新！"

"好在現在也還無事可辦。"白巡長又冷冷的給了他一句。

曉荷無可奈何的走了出來。他向來看不起白巡長，可是今天白巡長的話相當的硬，所以他不便發威。只要白巡長敢說硬話，他以為，背後就必有靠山。他永遠不幹硬碰硬的事。

白巡長可是沒有說對，里長並非無公可辦。冠曉荷剛剛走，巡長便接到電話，教里長馬上切實辦理，每家每月須獻二斤鐵。聽完電話，白巡長半天都沒說上話來。別的他不知道，他可是準知道銅鐵是為造槍炮用的。日本人拿去北平人的鐵，還不是去造成槍炮再多殺中國人？假若他還算個中國人，他就不能去執行這個命令。

可是，他是亡了國的中國人。掙人錢財，與人消災。他不敢違抗命令，他掙的是日本人的錢。

像有一塊大石頭壓着他的脊背似的，他一步懶似一步的，走來找李四爺。

“噢！敢情里長是幹這些招罵的事情啊？”老人說：“我不能幹！”

“那可怎辦呢？四大爺！”白巡長的腦門上出了汗。“你老人家要是不出頭，鄰居們準保不往外交鐵，咱們交不上鐵，我得丟了差事，鄰居們都得下獄，這是玩的嗎？”

“教冠曉荷去呀！”老人絕沒有為難白巡長的意思，可是事出無奈的給了朋友一個難題。

“無論怎樣，無論怎樣，”白巡長的能說慣道的嘴已有點不俐落了，“你老人家也得幫這個忙！我明知道這是混賬事，可是，可是……”

看白巡長真着了急，老人又不好意思了，連連的說：“要命！要命！”然後，他歎了口氣：“走！找冠曉荷去！”

到了冠家，李老人決定不便分外的客氣。一見冠曉荷要擺架子，他就交代明白：“冠先生，今天我可是為大家的事來找你，咱們誰也別擺架子！平日，你出錢，我伺候你，沒別的話可說。今天，咱們都是替大家辦事，你不高貴，我也不低搭。是這樣呢，我願意幫忙；不這樣，我也有個小脾氣，不管這些閒事！”

交代完了，老人坐在了沙發上；沙發很軟，他又

不肯靠住後背，所以晃晃悠悠的反覺得不舒服。

白巡長怕把事弄僵，趕快的說："當然！當然！你老人家只管放心，大家一定和和氣氣的辦好了這件事。都是多年的老鄰居了，誰還能小瞧誰？冠先生根本也不是那種人！"

曉荷見李四爺來勢不善，又聽見巡長的賣面子的話，連連的眨巴眼皮。然後，他不卑不亢的說："白巡長，李四爺，我並沒意思作這個破里長。不過呢，胡同裏住着日本朋友，我怕別人辦事為難，所以我才肯出頭露面。再說呢，我這兒茶水方便，桌兒凳兒的也還看得過去，將來哪怕是日本官長來看看咱們這一里，咱們的辦公外總不算太寒傖。我純粹是為了全胡同的鄰居，絲毫沒有別的意思！李四爺你的顧慮很對，很對！在社會上作事，理應打開鼻子說亮話。我自己也還要交代幾句呢：我呢，不怕二位多心，識幾個字，有點腦子，願意給大家拿個主意甚麼的。至於跑跑腿呀，上趟街呀，恐怕還得多勞李四爺的駕。咱們各抱一角，用其所長，準保萬事亨通！二位想是也不是？"

白巡長不等老人開口，把話接了過去："好的很！總而言之，能者多勞，你兩位多操神受累就是了！冠先生，我剛接到上邊的命令，請兩位趕緊辦，每家每月要獻二斤鐵。"

"鐵？"曉荷好像沒聽清楚。

"鐵！"白巡長只重說了這一個字。

“幹甚麼呢？”曉荷眨巴着眼問。

“造槍炮用！”李四爺簡截的回答。

曉荷知道自己露了醜，趕緊加快的眨眼。他的確沒有想起鐵是造槍炮用的，因為他永遠不關心那些問題。聽到李老人的和鐵一樣硬的回答，他本想說：造槍炮就造吧，反正打不死我就沒關係。可是，他又覺得難以出口，他只好給日本人減輕點罪過，以答知己：

“也不一定造槍炮，不一定！作鏇子，鍋，水壺，不也得用鐵麼？”

白巡長很怕李老人又頂上來，趕快的說：“管它造甚麼呢，反正咱們得交差！”

“就是！就是！”曉荷連連點頭，覺得白巡長深識大體。“那麼，四爺你就跑一趟吧，告訴大家先交二斤，下月再交二斤。”

李四爺瞪了曉荷一眼，氣得沒說出話來。

“事情恐怕不那麼簡單！”白巡長笑得怪不好看的說：“第一，咱們不能冒而咕咚去跟大家要鐵。你們二位大概得挨家去說一聲，教大家夥兒都有個準備，也順手兒教他們知道咱們辦事是出於不得已，並非瞪着眼幫助日本人。”

“這話對！對的很！咱們大家是好鄰居，日本人也是大家的好朋友！”曉荷嚼言咂字的說。

李四爺晃搖了一下。

“四爺，把脊梁靠住，舒服一點！”曉荷很體貼的說。

“第二，鐵的成色不一樣，咱們要不要個一定的標準呢？”白巡長問。

“當然要個標準！馬口鐵恐怕就……”

“造不了槍炮！”李四爺給曉荷補足了那句話。

“是，馬口鐵不算！”白巡長心中萬分難過，而不得不說下去。他當慣了差，他知道怎樣壓制自己的感情。他須把歹事當作好事作，還要作得周到細膩，好維持住自己的飯碗。“生鐵熟鐵分不分呢？”

曉荷半閉上了眼，用心的思索。他覺得自己很有腦子，雖然他的腦子只是一塊軟白的豆腐。他不分是非，不辨黑白，而只人模狗樣的作出一些姿態來。想了半天，他想出句巧妙的話來：“你看分不分呢？白巡長！”

“不分了吧？四大爺！”白巡長問李老人。

老人只“哼”了一聲。

“我看也不必分得太清楚了！”曉荷隨着別人想出來主意。“事情總是籠統一點好！還有甚麼呢？”

“還有！若是有的人交不出鐵來，怎麼辦？是不是可以折合現錢呢？”

素來最慈祥和藹的李老人忽然變成又倔又硬：“這件事我辦不了！要鐵已經不像話，還折錢？金錢一過手，無弊也是有弊。我活了七十歲了，不能教老街舊鄰在背後用手指頭戳打我！折錢？誰給定價兒？要多了，大家紛紛議論；要少了，我賠墊不起！乾脆，你們二位商議，我不陪了！”老人說完就立了起來。

白巡長不能放走李四爺，一勁兒的央告："四大爺！四大爺！沒有你，簡直甚麼也辦不通！你說一句，大家必點頭，別人說破了嘴也沒有用！"

曉荷也幫着攔阻李老人。聽到了錢，他那塊像豆腐的腦子馬上轉動起來。這是個不可放過的機會。是的，定價要高，一轉手，就是一筆收入。他不能放走李四爺，教李四爺去收錢，而後由他自己去交差；罵歸老人，錢入他自己的口袋。他急忙攔住李四爺。看老人又落了座，他聚精會神的說：

"大概誰家也不見得就有二斤鐵，折錢，我看是必要的，必要的！這麼辦，我自己先獻二斤鐵，再獻二斤鐵的錢，給大家作個榜樣，還不好嗎？"

"算多少錢一斤呢？"白巡長問。

"就算兩塊錢一斤吧。"

"可是，大家要都按兩塊錢一斤折獻現錢，咱們到哪兒去買那麼多的鐵呢？況且，咱們一收錢，它準保漲價，說不定馬上就漲到三塊，誰負責賠墊上虧空呢？"白巡長說完，直不住的搓手。

"那就乾脆要三元一斤！"曉荷心中熱了一下。

"三塊一斤？"李四爺沒有好氣兒的說："就是兩塊一斤，有多少人交得起呢？想想看，就按兩塊錢一斤說，憑空每家每月就得拿出四塊錢來，且先不用說三塊一斤了。一個拉車的一月能拉多少錢呢？白巡長，你知道，一個巡警一月掙幾張票子呢？一要就是四塊，六塊，不是要大家的命嗎？"

白巡長皺上了眉。他知道，他已經是巡長，每月才拿四十塊偽鈔，獻四元便去了十分之一！

冠曉荷可沒感到問題的嚴重，所以覺得李四爺是故意搗亂。“照你這麼說，又該怎辦呢？”他冷冷的問。

“怎麼辦？”李四爺冷笑了一下。“大家全聯合起來，告訴日本人，鐵沒有，錢沒有，要命有命！”

冠曉荷嚇得跳了起來。“四爺！四爺！”他央告着：“別在我這兒說這些話，成不成？你是不是想造反？”

白巡長也有點發慌。“四大爺！你的話說得不錯，可是那作不到啊！你老人家比我的年紀大，總該知道咱們北平人永遠不會造反！還是心平氣和的想辦法吧！”

李四爺的確曉得北平人不會造反，可是也真不甘心去向大家要鐵。他慢慢的立起來：“我沒辦法，我看我還是少管閒事的好！”

白巡長還是不肯放老人走，可是老人極堅決：“甭攔我了，巡長！我願意幹的事，用不着人家說勸；我不願幹的事，說勸也沒有用！”老人慢慢的走出去。

曉荷沒有再攔阻李四爺，因為第一他不願有個嚷造反的人坐在他的屋中，第二他以為老頭子不愛管事，也許他更能得手一些，順便的弄兩個零錢花花。

白巡長可是真着了急。急，可是並沒使他心亂。他也趕緊告辭，不願多和曉荷談論。他準備着晚半天再去找李四爺；非到李四爺點了頭，他決不教冠曉荷出頭露面。

新民會在遍街上貼標語：“有錢出錢，沒錢出鐵！”這很巧妙：他們不提獻鐵，而説獻金；沒有錢，才以鐵代。這樣，他們便無須解釋要鐵去幹甚麼了。

同時，錢默吟先生的小傳單也在晚間進到大家的街門裏：“反抗獻鐵！敵人用我們的鐵，造更多的槍炮，好再多殺我們自己的人！”

白巡長看到了這兩種宣傳。他本想在晚間再找李四爺去，可是決定了明天再説。他須等等看，看那反抗獻錢的宣傳有甚麼效果。為他自己的飯碗打算，他切盼這宣傳得不到任何反應，好平平安安的交了差。但是，他的心中到底還有一點熱氣，所以他也盼望那宣傳發生些效果，教北平因反抗獻鐵而大亂起來。是的，地方一亂，他首先要受到影響，説不定馬上就砸了飯鍋；可是，誰管得了那麼多呢；北平人若真敢變亂起來，也許大家都能抬一抬頭。

他又等了一整天，沒有，沒有人敢反抗。他只把上邊的電話等了來：“催里長們快辦哪！上邊要的緊！”聽完，他歎息着對自己説：北平人就是北平人！

他強打精神，又去找冠里長。

大赤包在娘家住了幾天。回來，她一眼便看見了門口的楠木色的牌子，順手兒摘下來，摔在地上。

"曉荷！"她進到屋中，顧不得摘去帶有野雞毛的帽子，就大聲的喊："曉荷！"

曉荷正在南屋裏，聽到喊叫，心裏馬上跳得很快，不知道所長又發了甚麼脾氣。整了一下衣襟，把笑容合適的擺在臉上，他輕快的跑過來。"喝，回來啦？家裏都好？"

"我問你，門口的牌子是怎回事？"

"那，"曉荷噗哧的一笑，"我當了里長啊！"

"嗯！你就那麼下賤，連個里長都稀罕的了不得？去，到門口把牌子揀來，劈了燒火！好嗎，我是所長，你倒弄個里長來丟我的人，你昏了心啦吧？沒事兒，弄一群臭巡警，和不三不四的人到這兒來亂吵嚷，我受得了受不了？你作事就不想一想啊？你的腦子難道是一團兒棉花？五十歲的人啦，白活！"大赤包把帽子摘下來，看着野雞毛輕輕的顫動。

"報告所長，"曉荷沉住了氣，不卑不亢的說："里長實在不怎麼體面，我也曉得。不過，其中也許有點來頭，所以我……"

"甚麼來頭？"大赤包的語調降低了一些。

"譬如說，大家要獻鐵，而家中沒有現成的鐵，將如之何呢？"曉荷故意的等了一會兒，看太太怎樣回答。大赤包沒有回答，他講了下去："那就只好折合現錢吧。那麼，實價比如說是兩塊錢一斤，我硬作價三塊。好，讓我數數看，咱們這一里至少有二十多戶，每月每戶多拿兩塊，一月就是五十來塊，一個小學教員，一星期要上三十個鐘頭的課，也不過才掙五十塊呀！再說，今天要獻鐵，明天焉知不獻銅，錫，鉛呢？有一獻，我來它五十塊，有五獻，我就弄二百五十塊。一個中學教員不是每月才掙一百二十塊嗎？想想看！況且，”

“別說啦！別說啦！”大赤包截住了丈夫的話，她的臉上可有了笑容。“你簡直是塊活寶！”

曉荷非常的得意，因為被太太稱為活寶是好不容易的。他可是沒有把得意形諸於色。他要沉着穩健，表示出活寶是和聖賢豪傑一樣有涵養的。他慢慢的走了出去。

“幹嗎去？”

“我，把那塊牌子再掛上！”

曉荷剛剛把牌子掛好，白巡長來到。

有大赤包在屋裏，白巡長有點坐立不安了。當了多年的警察，他自信能對付一切的人——可只算男人，他老有些怕女人，特別是潑辣的女人。他是北平人，他知道尊敬婦女。因此，他會把一個男醉鬼連說帶嚇唬的放在牀上去睡覺，也會把一個瘋漢不費甚麼事的送回家去，可是，遇上一個張口就罵，伸手就打的女人，他就感到了困難；他既不好意思耍硬的，又不好意思耍嘴皮子，他只好甘拜下風。

他曉得大赤包不好惹，而大赤包又是個婦人。一看見她，他就有點手足無措。三言兩語的，他把來意說明。果然，大赤包馬上把話接了過去：

“這點事沒甚麼難辦呀！跟大家去要，有敢不交的帶了走，下監！乾脆嘹亮！”

白巡長十分不喜歡聽這種話，可是沒敢反駁；好男不跟女鬥，他的威風不便對個婦人拿出來。他提起李四爺。大赤包又發了話：

“叫他來！跑腿是他的事！他敢不來，我會把他們老兩口子都交給日本人！白巡長，我告訴你，辦事不能太心慈面善了。反正咱們辦的事，後面都有日本人兜着，還怕甚麼呢！”大赤包稍稍停頓了一下，而後氣派極大的叫：“來呀！”

男僕恭敬的走進來。

“去叫李四爺！告訴他，今天他不來，明天我請他下獄！聽明白沒有？去！”

李四爺一輩子沒有低過頭，今天卻低着頭走進了冠家。錢先生，祁瑞宣，他知道，都入過獄。小崔被砍了頭。他曉得日本人厲害，也曉得大赤包確是善於狐假虎威，欺壓良善。他在社會上已經混了幾十年，他知道好漢不要吃眼前虧。他的剛強，正直，急公好義，到今天，已經都沒了用。他須低頭去見一個臭婦人，好留着老命死在家裏，而不在獄裏挺了屍。他憤怒，但是無可如何。

一轉念頭，他又把頭稍稍抬高了一點。有他，他想，也許多少能幫助大家一些，不致完全抿耳受死的聽大赤包擺佈。

沒費話，他答應了去斂鐵。可是，他堅決的不同意折合現錢的辦法。“大家拿不出鐵來，他們自己去買；買貴買賤，都與咱們不相干。這樣，錢不由咱們過手，就落不了閒話！”

“要是那樣，我就辭職不幹了！大家自己去買，何年何月才買得來呢？耽誤了期限，我吃不消！”曉荷半惱的說。

白巡長為了難。

李四爺堅決不讓步。

大赤包倒拐了彎兒：“好，李四爺你去辦吧。辦不好，咱們再另想主意。”在一轉眼珠之間，她已想好了主意：趕快去大量的收買廢鐵爛銅，而後提高了價錢，等大家來買。

可是，她得到消息較遲。高亦陀，藍東陽們早已下了手，收買了碎銅爛鐵。

李四爺相當得意的由冠家走出來，他覺得他是戰勝了大赤包與冠曉荷。他通知了全胡同的人，明天他來收鐵。大家一見李老人出頭，心中都感到舒服。雖然獻鐵不是甚麼好事，可是有李老人出來辦理，大家彷彿就忘了它本身的不合理。錢先生的小傳單所發生的效果只是教大家微微難過了一會兒而已。北平人是不會造反的。

祁老人和韻梅把家中所有的破鐵器都翻拾出來。每一件都沒有用處，可是每一件都好像又有點用處；即使有一兩件真的毫無用處，他們也從感情上找到不應隨便棄捨了的原因。他們選擇，比較，而決定不了甚麼。因為沒有決議，他們就談起來用鐵去造槍炮的狠毒與可惡。可是，談過之後，他們並沒有因憤恨而想反抗。相對歎了口氣，他們選定了一個破鐵鍋作為犧牲品。他們不單可惜這件曾經為他們服務過的器皿，而且可憐它，它是將要被改造為炮彈的。至於它變成了炮彈，把誰的腦袋打掉，他們就沒敢再深思多慮，而只由祁老人說了句："連鐵鍋都別生在咱們這個年月呀！"作為結論。

全胡同裏的每一家都因了此事發生一點小小的波動。北平人彷彿又有了生氣。這點生氣並沒表現在憤怒與反抗上，而只表現了大家的無可奈何。大致的說，大家一上手總是因自家獻鐵，好教敵人多造些槍炮，來屠殺自家的人，而表示憤怒。過了一會兒，他們便忘了憤怒，而顧慮不交鐵的危險。於是，他們，也像祁老人似的，從家中每個角落，去搜揀那可以使他們免受懲罰的寶物。在搜索的時節，他們得到一些想不到的小小的幽默與慘笑，就好像在立冬以後，偶然在葦子梗裏發現了一個還活着的小蟲子似的。有的人明明記得在某個角落還有件鐵東西，及至因找不到而剛要發怒，才想起恰恰被自己已經換了梨膏糖吃。有的人找到了一把破菜刀，和現在手下用的那把一比，才知道那把棄刀的鋼口更好一些，而把它又官復原職。這些小故典使他們忘了憤怒，而啼笑皆非的去設法找鐵；他們開始承認了這是必須作的事，正如同日本人命令他們領居住證，或見了日本軍人須深深鞠躬，一樣的理當遵照辦理。

在七號的雜院裏，幾乎沒有一家能一下子就湊出二斤鐵來的。在他們的屋子裏，幾乎找不到一件暫時保留的東西——有用的都用着呢，沒用的早已賣掉。收買碎銅爛鐵的販子，每天要在他們門外特別多吆喝幾聲。他們連炕洞搜索過了，也湊不上二斤鐵。他們必須去買。他們曉得李四爺的公正無私，不肯經手收錢。可是，及至一打聽，鐵價已在兩天之內每斤多漲了一塊錢，他們的心都發了涼。

同時，他們由正里長那裏聽到，正里長本意教大家可以按照兩塊五一斤獻錢，而副里長李四爺不同意。李四爺害了他們。一會兒的工夫，李四爺由眾望所歸變成了眾怒所歸的人。他們不去考慮冠曉荷是否有意挑撥是非，也不再想李老人過去對他們的好處，而只覺得用三塊錢去換一斤鐵——也許還買不到——純粹是李四爺一個人造的孽！他們對日本人的一點憤怒，改了河道，全向李四爺衝蕩過來。有人公然的在槐樹下面咒罵老人了。

聽到了閒言閒語與咒罵，老人沒敢出來聲辯。他知道自己的確到了該死的時候了。他鬧不過日本人，也就鬧不過冠曉荷與大赤包，而且連平日的好友也向他翻了臉。坐在屋中，他只盼望出來一兩位替他爭理說話的人，一來是別人的話比自己的話更有力，二來是有人出來替他爭氣，總算他過去的急公好義都沒白費，到底在人們心中種下了一點根兒。

他算計着，孫七必定站在他這邊。不錯，孫七確是死恨日本人與冠家。可是孫七膽子不大，不敢惹七號的人。他盼望程長順會給他爭氣，而長順近來忙於辦自己的事，沒工夫多管別人的閒篇兒。小文為人也不錯，但是他依舊揣着手不多說多道。

盼來盼去，他把祁老人盼了來。祁老人拿着破鐵鍋，進門就說："四爺，省得你跑一趟，我自己送來了。"

李四爺見到祁老人，像見了親弟兄，把前前後後，始末根由，一口氣都說了出來。

聽完李四爺的話，祁老人沉默了半天才說："四爺，年月改了，人心也改了！別傷心吧，你我的四隻老眼睛看着他們的，看誰走的長遠！"

李四爺感慨着連連的點頭。

"大風大浪我們都經過，甚麼苦處我們都受過，我們還怕這點閒言閒語？"祁老人一方面安慰着老朋友，一方面也表示出他們二老的經驗與身分。然後，兩個老人把多年的陳穀子爛芝麻都由記憶中翻拾出來，整整的談了一個半鐘頭。

四大媽由兩位老人在談話中才聽到獻鐵，與由獻鐵而來的一些糾紛。她是直筒子脾氣。假如平日對鄰居的求援，她是有求必應，現在聽到他們對“老東西”的攻擊，她也馬上想去聲討。她立刻要到七號去責罵那些忘恩負義的人。她甚麼也不怕，只怕把“理”委屈在心裏。

兩位老人說好說歹的攔住了她。她只在給他們弄茶水的當兒，在院中高聲罵了幾句，像軍隊往遠處放炮示威那樣；燒好了水，她便進到屋中，參加他們的談話。

這時候，七號的，還有別的院子的人，都到冠家去獻金，一來是為給李四爺一點難堪，二來是冠家只按兩塊五一斤收價。

冠曉荷並沒有賠錢，雖然外邊的鐵價已很快的由三塊漲到三塊四。大赤包按着高亦陀的脖子，強買——仍按兩塊錢一斤算——過來他所囤積的一部分鐵來。

“得！賺得不多，可總算開了個小小利市！”冠曉荷相當得意的說。

趣味重溫（2）

一、你明白嗎？

1. 下列人物面對侵略和屈辱，選擇相同抗爭方式的是（　　）。

   a. 祁瑞宣　b. 小順子　c. 妞妞　d. 祁天佑

2. 投靠日本人的大赤包和冠曉荷分別擔任了甚麼職務？（　　）。

   a. 巡長　b. 所長　c. 里長　d. 副里長

3. 北平淪陷後，市民的主要糧食"共和麵"是（　　　）。

   a. 市民自行到糧店購買的一種麵食。
   b. 日偽為推行"中日共和"贈送給市民的糧食。
   c. 限量供應，不是真正的糧食，糠、麩、磨碎的豆餅、石頭、沙子等混合。
   d. 一種專門做烙餅的麵食。

二、想深一層

1. 瑞宣對妻子韻梅感情從"一向沒有表示過毫無距離的親熱"轉化為"不再注意她的外表，而老老實實的拿她當作一個最不可缺少的，妻，主婦，媳婦，母親"，產生這種轉變的根本原因是（　　）。

   a. 在長期共同生活中產生了愛情。
   b. 瑞宣認為國難當頭不應該再追求婚姻自由。
   c. 韻梅用隱忍和微笑撐起家庭的重擔，把自己鍛煉的堅強勇敢，患難見真情。
   d. 瑞宣只需要一位賢妻良母。

2. 在日本人統治下的北平人受盡屈辱，面對磨難，祁家四代人有何不同態度？請將下列描述與人物連線配對。

祁老太爺	他應付不了這個局面，他應當趕快結束了自己——隨着河水順流而下，漂，漂，漂，漂到大河大海裏去，倒也不錯。
祁天佑	好的日子過去了，眼前的是苦難與饑荒。她須咬起牙來，不慌不忙的，不大驚小怪的，盡到她的責任。
祁瑞宣	儘管日本人佔據北平已有好幾年，儘管日本人變盡了方法去殺人，儘管他天天吃共和麵，可是他還活着，還沒被饑荒與困苦打倒——也許永遠不會被打倒！
韻梅	他外表雖然從容，可眼睛放光，心也跳得更快了。他忘了自己身體軟弱，只覺得精力無限，一刻也不肯休息。他想縱聲歌唱，慶祝人類最大悲劇的結束。
妞子	她說不吃共和麵的時候，那眼神彷彿是在對家裏人說，她那小生命也自有它的尊嚴：她不願意吃那連豬狗都不肯進嘴的東西。她既已拿定主意，就決不動搖。

3. “大赤包”是各種漢奸的總代表，老舍先生將其各種醜態刻畫地活靈活現，給予辛辣的諷刺，閱讀下列句子，找出相應的描寫手法。

a. 動作描寫	b. 語言描寫	c. 心理描寫
d. 外貌描寫	e. 神態描寫	

（1）大赤包近來更發了福，連臉上的雀斑都一個個發亮，好像抹上了英國府來的黃油似的。她手指上的戒指都被肉包起來，因而手指好像剛灌好的臘腸。（　　）

（2）她本來想把桐芳趕出門去就算了，可是越來越狠，她決定把桐芳趕到窰子裏去。一旦桐芳到了那裏，大赤包會指派魚兵蝦將監視着她，教她永遠困在那裏。（　　）

（3）她的眼和耳控制着全個院子，她的咳嗽與哈欠都是一種信號——二號與三號客廳的客人們若吵鬧得太兇了，她便像放炮似的咳嗽一兩聲，教他們肅靜下來；她若感到疲倦便放一聲像空襲警報器似的哈欠，教客人們鞠躬告退。（　　）

（4）她點頭，就是"行"；她皺眉，便是"也許行"；她沒任何的表示，便是"不行"。（　　）

（5）"叫他來！跑腿是他的事！他敢不來，我會把他們老兩口子都交給日本人！白巡長，我告訴你，辦事不能太心慈面善了。反正咱們辦的事，後面都有日本人兜着，還怕甚麼呢！"（　　）

三、延伸思考

1. 幽默是老舍文學作品的一大特色，閱讀有關大赤包、冠曉荷的文字，欣賞幽默的語言風格。

2. 老舍以較長篇幅描寫了祁天佑投水而亡的悲劇，閱讀相關資料了解老舍先生生平，想一想造成兩人相同悲劇命運的原因有何異同？

參考答案

趣味重溫（1）

一、你明白嗎？

1. b

2.

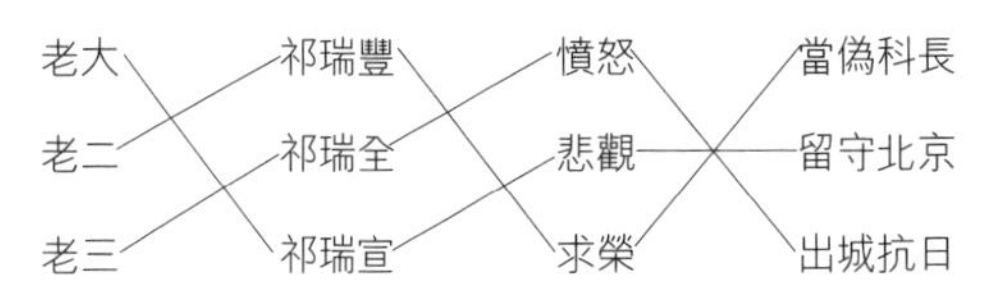

3.

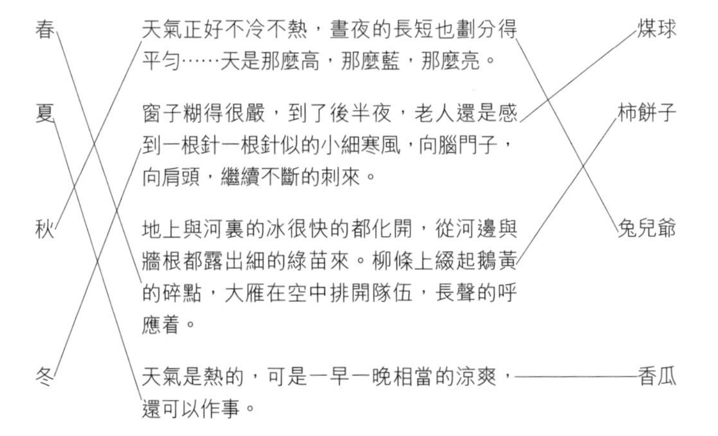

二、想深一層

1. b.

2. (1) b.　(2) e.　(3) a.　(4) c.

(5) d.　(6) g.　(7) f.

3.

三、延伸思考

（此部分不設答案，可自由回答）

趣味重溫（2）

一、你明白嗎？

1. c. d.　　2. b. c.　　3. c.

二、想深一層

1. c.

2.

祁老太爺	他應付不了這個局面，他應當趕快結束了自己——隨着河水順流而下，漂，漂，漂，漂到大河大海裏去，倒也不錯。
祁天佑	好的日子過去了，眼前的是苦難與饑荒。她須咬起牙來，不慌不忙的，不大驚小怪的，盡到她的責任。
祁瑞宣	儘管日本人佔據北平已有好幾年，儘管日本人變盡了方法去殺人，儘管他天天吃共和麵，可是他還活着，還沒被饑荒與困苦打倒——也許永遠不會被打倒！
韻梅	他外表雖然從容，可眼睛放光，心也跳得更快了。他忘了自己身體軟弱，只覺得精力無限，一刻也不肯休息。他想縱聲歌唱，慶祝人類最大悲劇的結束。
妞子	她説不吃共和麵的時候，那眼神彷彿是在對家裏人説，她那小生命也自有它的尊嚴：她不願意吃那連豬狗都不肯進嘴的東西。她既已拿定主意，就決不動搖。

3.

（1）d.　（2）c.　（3）a.　（4）e.　（5）b.

三、延伸思考

(此部分不設答案，可自由回答)